Весёлые похороны

Людмила Улицкая

陽気なお葬式

リュドミラ・ウリツカヤ

奈倉有里 訳

CREST BOOKS
Shinchosha

陽気なお葬式

FUNERAL PARTY

by

Ludmila Ulitskaya

First Japanese edition published in 2016 by Shinchosha Company
Japanese translation rights arranged with
ELKOST Intl. Literary Agency
through Japan UNI Agency, Inc., Tokyo.

Illustration by Minami Kanae
Design by Shinchosha Book Design Division

Весёлые похороны

《登場人物》

アーリク　主人公。亡命ロシア人画家。重病。血筋的にはユダヤ人。

ニーナ　アーリクの妻。最近ロシア正教徒になった。

イリーナ　元サーカス団員。アメリカで猛勉強して資格を取り弁護士になった。アーリクの元恋人。

マイカ　イリーナの娘。十五歳。自閉症ぎみだったが、アーリクに心を開く。

ワレンチーナ　ゲイのミッキーと形式結婚をしてアメリカに移住。ロシア語教師をしている。アーリクの愛人。

ジョイカ　イタリア人。ロシア文学が好きで、アーリクの元に通いロシア語を学んでいる。

ファイーナ　新参亡命者。なにもかも体験してみたくてうずうずしている。

マリヤ　通称マリヤおばさん。ニーナに頼まれて民間療法の薬草を定期的に持ってきている。ロシア正教徒。

リューダ　中盤から登場。人の死を看取るのが得意?!

ヴィクトル神父　ロシア正教の神父。祖父の亡命第一世代からアメリカに住んでいる。素朴で俗っぽい。

リョーヴァ　イリーナの元夫。熱心なユダヤ教徒。イリーナと離婚後ユダヤ人女性と再婚し5人の子供がいる。

レブ・メナシェ　ラビ。イスラエル出身の正統派ユダヤ教徒。大学で宗教史を教えている。ロシア語はわからない。

フィーマ　医者。アーリクの友人。英語が苦手でアメリカでなかなか資格が取れない。

ベルマン　医者。フィーマの友人。アメリカで資格を取り核医学の研究をしている。

リービン　アーリクの友人。フィーマの幼馴染みだが仲違いしている。

楽団　アーリクの家のすぐ傍で、いつもラテンアメリカ音楽を演奏しているパラグアイ人の楽団。

1

うだるような暑さ。湿度、百パーセント。建ち並ぶ驚異的な摩天楼、素敵な公園、カラフルな人々や犬たち——すべてがいまにも融解し、半液体となった人々がゆらゆらとブイヨンスープの大気のなかを彷徨っていくようだ。

シャワーはずっと使用中で、常に誰かが順番を待っていた。みんなとっくに服など脱ぎ捨ててしまっていたけれど、ワレンチーナだけはブラジャーをつけていた。胸が大きすぎてブラジャーを外していると乳房の下に汗が溜まり、あせもができてしまうから。逆に普段の気温なら彼女は絶対にブラジャーをつけなかった。

タオルは干しても水気を含んだまま。体は常に濡れた状態で、髪もドライヤーをかけないと乾かなかった。半開きになったブラインドの隙間から、縞模様の光が床に落ちている。クーラーはもう何年も前に壊れたきりだ。

部屋にいる女は、全部で五人。まず、赤いブラジャー姿のワレンチーナ。そして金の十字架を首に下げた、髪の長いニーナ。彼女はあまりにも痩せてしまい、アーリクに、

「ニーナ、おまえ、あの籠みたいになったな、蛇用の」

と言われるほどだった。籠というのは、部屋の隅に置いてある土産物だ。アーリクは若い頃、古代インド哲学に憧れてインドへと旅立ったことがあったが、そこで手に入れたものといえばこの籠だけだった。

同じアパートに住むジョイカ。ロシア語を勉強したいという理由でこんな場所に居ついた、ちょっとわがままなイタリア娘だ。彼女はなんにでもすぐ腹をたてるけれど、その怒りの表現が婉曲的すぎて誰にも伝わらず、最終的にはいつも本人が諦めてしまう。

イリーナ・ピルソン。かつてはサーカス団の曲芸師だったが、今では高給取りの弁護士だ。恥丘を綺麗に剃り、恐れ知らずのアメリカの外科医が若い頃に劣らぬよう作りあげた真新しいバストを弾ませていた。それからイリーナの娘のマイカ、ニックネームはTシャツ。十五歳。ぽっちゃり体型に眼鏡をかけて、ただ一人しっかり服を着て、隅にしゃがんでいる。だぼっとしたバミューダパンツに、もちろん、Tシャツを着て。Tシャツには電球の絵と、その光のように放射状に、キリル文字とラテン文字の混ざっためちゃくちゃな綴りで、「PIZДЕЦ《おしまい》!」という言葉が描かれていた。このTシャツは去年、マイカの誕生日にアーリクが描いてプレゼントしたものだった。あの頃はアーリクの手も、まだどうにか動いたのだ……。

アーリクは、ゆったりとしたソファーベッドに横になっていた。その姿は小さく子供のようで、まるで彼自身の息子のようにも見える。けれど実際には、アーリクとニーナとの間に子供はいなかった。そして、もはや今後できないことも明らかだ——彼はもうすぐ死ぬのだから。体はゆっくりと麻痺していき、いま最後に残された筋肉が冒されようとしていた。手足はまるで物のよう。肌に触れた感触は生者でも死者でもなくその中間で、固まりかけの石膏のような危うさがある。全身でいちばん生き生きとした、毛量の多いもじゃもじゃ頭の明るい赤毛と伸び放題の口髭は、やせ細った顔のせいでよけいに立派に見えた。

アーリクがこのアトリエに帰ってきて、もう二週間になる。病院で死ぬのは嫌だと医者に告げ、戻ってきた。他にも医者の知らない、あえて知る必要のない理由もあった。もっとも、病気の急激な進行のせいで、立ち飲み屋で一杯やるようにほんの一瞬入院しただけだった病院でさえ――口とお尻と痛む箇所を診るだけで精いっぱいでよくよく顔を見る暇さえなかった医者でさえアーリクを好きになっていたから、あるいは知りたかったかもしれないが……。

この家はとにかく人の出入りが激しい。朝から晩まで絶えず人が訪れ、夜も必ず誰かが泊まっていく。遊びに来るには最適だが、まともな生活を送るのは不可能だ――剝き出しの梁の下にある、本来倉庫にでもするべき空間を間仕切りで分けて作った小さなキッチンとユニットバス、小さな窓のついた狭い寝室。そして、二面採光の広々としたアトリエ。

部屋の隅の絨毯は、夜遅く来た客や不意に訪れた人々が泊まる場所だ。多いときは五人ほど寝ていることもある。部屋に入るための扉は存在せず、エレベーターから降りるとそこはすでに部屋の中という構造になっている。エレベーターは元々荷物用で、アーリクがここへ越してくる以前は煙草の大箱を運ぶために設置されていたものを、そのまま使っていた。彼がここで暮らし始めたのはもう二十年近くも昔のことで、契約書をよく見もしないで借りたところ、後から実はかなりお得な掘り出し物件だったと判明した。それ以来、今でもこの部屋の家賃はタダ同然の安さだ。とはいえ、払っているのはアーリクではない。彼の貯金はとっくに底をついていて、タダ同然であろうと払うことはできなかった。

エレベーターがガシャンと音をたてて止まり、フィーマ・グルーバーが入ってきて、歩きながら水色の質素なシャツを脱いだ。裸の女たちは彼を気にも留めず、フィーマのほうも女たちには見向きもしなかった。手にしている古い往診鞄は、はるばるハリコフから持ってきた祖父のものだ。フィーマは三代にわたる医者の家系で、教養も深く面白味のある男だったが、出世は順調とは言い難かった。いまだにアメリカの資格試験に受からず、高級クリニックの医療技術者として、もう五年も非正規雇用で働いていた。フィーマは毎日往診に来た。それはまるで、運が良ければアーリクの病状になにか打つ手を見つけられるのではないかと期待を抱き続けているかのようだった。フィーマはアーリクの上に身を屈め、

「調子はどうだ」

と訊いた。

「ああ、おまえか……時刻表は持ってきたか?」

「時刻表?」

フィーマは驚いて訊き返す。

「舟のだよ……」

アーリクは弱々しく微笑んだ。

(いよいよ末期だ、意識がおかしくなってきたか……)

そう考えてフィーマはキッチンへ行き冷凍庫を開け、凍った製氷皿をガラガラ鳴らした。

（バカ、みんなバカ。大っ嫌いだ）

と、マイカは思った。最近学校でギリシャ神話を習ったばかりだったので、マイカはその場で唯一、アーリクが言っているのがフェリー乗り場のことではないと悟ったのだ。いらいらと一同を嘲るような顔でマイカは窓に近づき、ブラインドの隅を折り曲げて下を覗く。眼下の通りではいつもなにかが起きていた。

マイカにとってアーリクは、心を許した初めての大人だ。アメリカの一般家庭でよく行われているように、マイカは小さな頃から小児心療内科に通わされていたが、この子の場合はそれなりの理由があった。マイカは子供としかコミュニケーションをとろうとせず、母親とは例外的に喋るとはいえそれさえ嫌々だったし、母親以外の大人に至っては存在していないも同然だった。学校の先生とのやりとりは書面で済ませた。先生たちはマイカの簡潔で正確な回答に高い評定をつけては、首をかしげていた。精神科医やカウンセラーはマイカの不思議な言動に対し、複雑で奇抜な仮説をたてた。彼らは普通とは違う子供が好きで、そういう子供を糧にして生きていた。

アーリクと出会ったのは母イリーナに連れられて行った展覧会のレセプション会場だ。イリーナとマイカはその頃ちょうどカリフォルニアからニューヨークへ越してきたばかりで、マイカには友達が一人もいなかった。それで、母親に誘われてついてきたのだ。アーリクとイリーナは、イリーナがまだサーカスで曲芸師をしていた若い頃——モスクワ時代からの仲だったが、アメリカではあまりにも長いこと会っていなかったので、イリーナはもうずいぶん前から、「もしアーリクと再会したらなんと言おう」などとは考えなくなっていた。レセプション会場で再会したその日、アーリクはイリーナの上着についていた鶏のように太った鷲が描かれた飾りボタンを左手で摑むと、いきなりブチッと引きちぎり、宙に投げてキャッチした。それから手を開き、輝く鷲の面が上に出ているのをちらりと見て、

「白状しなきゃならん、ということだな」

と言った。彼の右腕はぶらりとぶら下がったまま、動かなかった。アーリクは左腕でイリーナの亜麻色の豊かな髪を——きっちりセットされ天然真珠の飾りがついた黒い絹のリボンが巻かれた頭を抱き寄せて、耳元で、

「イリーナ、おれはもうすぐ死ぬんだ」

と囁いた。

べつに、死ぬなら死ねばいいじゃないの。あんたは私にとっちゃずいぶん前に死んだも同然なんだから——イリーナはそう思わないでもなかったが、不意にみぞおちの辺りに鋭利な刃物を突き立てられたような感覚を覚え、続いてゆっくりとその痛みが体の内部に浸透し、背骨まで切り込まれたように痛むのを感じた。隣に突っ立っていた娘が、目を丸くしてこちらを見ていた。

「うちに来いよ」

と、アーリクが誘った。

「娘と一緒なの。あの子、行くって言うかしら」

イリーナはマイカに目をやった。

マイカは、もうずいぶん前から母親と一緒に外出など一切しなくなっていた。この展覧会にはイリーナが熱心に説得してようやく連れて来たのだ。だからこのときイリーナは、娘が断ると確信して、

「昔から知ってる画家さんなんだけど、アトリエ、一緒に行ってみる？」

と訊いた。ところがマイカの答えは、

「この赤毛んとこに？　うん、行く」

だった。そうして、三人はアーリクのアトリエに行った。置いてある絵は最近描いたもののようだが、かつて描いていた絵の面影が見てとれた。数日後、二人はもう一度アトリエを訪れた。それはほとんど偶然で、ちょうど近くを通りかかったときにイリーナが大事な仕事で呼び出されたので、マイカを三時間ほどアトリエに預けることにしたのだ。ところが戻ってくると、あり得ない光景に出くわした――まるで二羽の鳥が喧嘩するように、アーリクとマイカがギャアギャアと言い合っていたのである。アーリクはもうほとんど動かない右手を垂らして左手を大きく振り回し、腰をかがめて跳ねるように歩いて叫んでいた。

「おまえは一度も考えたことがないのか。いいか、肝心なのは非対称《アシンメトリー》だ。すべてはそこにかかってくる。対称《シンメトリー》が意味するものは――死だ！　終わりだ！　短絡だ！」

「怒鳴んないでよ！」そばかすを真っ赤に染めて、普段より訛りのある喋り方でマイカが叫ん

だ。「好きで何が悪いの、個人的な好みとして好きなだけじゃん！　いっつも大人が正しいとは限んないでしょ！」

アーリクは左手を下ろし、

「いいか、あのなぁ……」

と続けた。イリーナはエレベーターを降りたところで、あやうく卒倒しそうになっていた。アーリクは、娘が五歳のときから抱えてきた自閉症の不可思議な殻をいとも簡単に、そうと自覚もせずに壊してしまった。イリーナのなかに一瞬、積年の怒りのようなものがこみあげて、すぐに消えた。いや実際、精神科をたらいまわしにするより、これまで足りなかった人間らしい付き合いの可能性を与えたほうが、ずっといいに違いない……。

2

エレベーターが再びガシャンと音をたてた。扉のない入り口に客人の姿を見たニーナは、黒いキモノの裾をたくしあげて駆け寄った。

背が低くちょっと珍しいくらい太った中年女性が、何かが詰まった大きな袋を膝と膝の隙間に丁寧に置いて、荒い息をあげて低い肘掛椅子に腰を下ろした。全身を木苺みたいに紅潮させて水蒸気をあげているおばさんの頬は、サモワールのような輝きを放っていた。

「マリヤおばさま。おとといから待ってたのよ！」

おばさんは赤らんだ両足を広げ、椅子に浅く腰掛けた。足先には、アメリカ大陸では見かけないフットカバーを履いている。

「ニーナ、あなたを忘れたわけじゃないのよ。ずっとアーリクのためにいろいろしてたんだから。昨日は夕方六時からずっとね……」おばさんは栄養失調で緑がかった爪のついた尖った指先をニーナの顔に近づけて、言った。「本当にたいへんだったのよ、それで血圧も上がっちゃって、もう歩くのも……、おまけにこの暑さでしょう……、ほら、最後のを持ってきたわ」

おばさんは布バッグから、なにやらドロッとした液体の入った茶色い瓶を三つ出した。

「はい、新しい塗り薬でしょ。こっちは呼吸が楽になるやつ。それからこれは足用。布を浸して足の裏にあてたら上からビニール袋を被せて縛って二時間ぐらいおくの。皮がむけても大丈夫だから気にしないで。取ったらすぐに洗い流して……」

ニーナはすがるように、この奇妙なおばさんと、おばさんの持ってきた民間療法の液体とを見つめた。瓶を手に取り、小さめのものをひとつ頬に押しつける——ひんやりと冷たい。そのまま寝室に持っていき、ブラインドを閉め、狭苦しい出窓に置く。出窓には、これまでに貰った瓶がずらりと揃っていた。

マリヤおばさんはお茶の支度にとりかかっていた。おばさんだけは、どんなに暑いときでもお茶を飲む。それもアメリカ式のアイスティーではなくロシア式に、熱々の甘い紅茶とジャムである。

ニーナが、金メッキが剝げて深味のある銀が露わになったような色の長い髪を揺らしてアーリクの足に薬草を塗り、軽いタータン風（あくまでも似非《えせ》で、スコットランドのどこの氏族《クラン》にも属さない）チェックのタオルケットを掛けてあげている間、マリヤおばさんはフィーマと話していた。フィーマが効能はどうなんだと訊くのに対し、おばさんは鷹揚に見下すように返す。

「フィーマさん！　あのねえ、なにも結果がすべてじゃないのよ！　大地の匂いがするんだから、それでいいの……。でもね、すべては神様の思し召し。そう。ときには奇跡だって起こり得る。もう本当にだめ、今にも亡くなりそうって人が急に持ち直して……ってこともあるのよ。草って本当に侮れない。岩の狭間から突き出るほどの力があるんだから。芽が突き破るの、その芽を私は摘んでいるのよ、時々は根の端ももらって、それでも草には伸びてくる力がある。ぐったりと萎れかけていてもうダメかしらと思っても、しばらくして見るとまた復活していたりするの。ねえ、神様を信じましょう、フィーマ。神様がいなければ草だって育たないのよ」

「そりゃそうだな」フィーマは軽く同意して、青春のシンボルの名残りで凸凹の残っている左の頰を拭った。

いま太ったマリヤおばさんが妙に柔らかい表情でもったいぶって魅惑的に語った植物の驚くべき走光性や生命力については、フィーマも小学校五年生の時に理科の授業で習って知っていた。だが仮にも医療の専門家として、アーリクの病気がもはやどうにもならないこともよく分かっていた。最後まで動いていた横隔膜の筋肉もじきに動かなくなり、ごく近いうちに呼吸不全で死ぬだろう。そうなった時にここアメリカで問題になりがちな「いつ延命装置を止めるか」という問いには、アーリクが事前に回答を出していた——残された時間がいよいよ僅かになったとき、彼は自ら退院を選び、人工的な小細工での延命治療を拒んだのだ。

フィーマは気が重かった。いずれ、呼吸不全の苦しみからアーリクを解放するために睡眠薬を飲ませるのは、ほかでもないフィーマの役割になる。その副作用が呼吸中枢を麻痺させ、死に至らしめるだろう。だがもはや、ほかに打つ手はない。救急車を呼んで病院に搬送するという策は二度試してしまってもう一度やるのは難しいし、また偽の身分証を手に入れるのも大変で、危険を伴う……。

「幸運を」フィーマは温和な声で言うと、いつもの往診バッグを手に取り、皆に別れの挨拶もせず帰っていった。

（あら、なにか気に障ったのかしら）と、マリヤおばさんは考えた。

おばさんはアメリカの生活についてはまだよく分かっていなかった。病身の親戚に呼ばれて一年前ベラルーシからやって来たのだが、パスポートを用意し手続きをしてここへ来るまでの間に、看病するべき相手は亡くなってしまっていた。それで、せっかくはるばる大海を渡って来たというのに、奇跡を起こすその力と密輸入の薬草を持て余しているのだ。とはいえ、まったく無駄になってしまったわけではない。アメリカにもやはり薬草を好む人々はいたので、おばさんは何も恐れず無認可の非合法商売に乗り出した。誰かが止めようとしても、おばさんは聞く耳を持たなかった——どうしてここの人は許可許可って堅苦しいことというのかしら。私は人を治療してる、それも、あの世に片足を突っ込んだ人を助けてあげようとしているんだから、なにも悪いことはしてないじゃないの……と。おばさんに、認可や税金といった制度を説明できる者はなかった。

ニーナがマリヤおばさんに出会ったのは、マンハッタンの小さな正教会だった。それもあってニーナは瞬時に悟った――きっと神様がアーリクのために薬草使いを遣わしてくれたのだと。彼女が正教徒になったのは、アーリクが病気になる前ではあったがごく最近、数年前のことだ。それ以来ニーナは迷信の類からすっかり足を洗い、大好きだったタロットカードも罪になると考えて、ジョイカにあげてしまった。

マリヤおばさんは手招きしてニーナを呼んだ。ニーナは急いでキッチンへ向かうと、グラスにオレンジジュースを入れ、ウォッカを注ぎ、丸い氷をひとつかみ放り込んだ。ニーナのアルコールの飲み方はすっかり現地流になっていた――度数の低い甘めのカクテルを、絶えず飲み続ける。ニーナはグラスの中身をマドラーでカラカラと混ぜ、一口飲んだ。マリヤおばさんもスプーンで紅茶を混ぜて、そのスプーンをテーブルに置いた。

「いい、あのね」おばさんは厳しい声で言った。「洗礼を受けさせなきゃいけない。とにかくそれ以外の道はないわ」

「でもあの人、どうしても嫌がるの。何度も言ったでしょう、マリヤおばさま！」

ニーナは涙声で訴えた。

「そんなに大声を出さないの」おばさんは眉毛のない眉をしかめた。「私はもうすぐここを去るわ、あれの期限もとっくに切れてるし」（あれというのはビザを念頭に置いていたのだが、おばさんはそういう外国語を一切覚えられなかった）「あれが切れてるんだから、出てかなきゃいけないでしょ。切符の準備もできてるんだから。あんたが彼に洗礼を受けさせないなら、私はもうお手上げよ。でも洗礼を受けるんなら、手を尽くすわ。一度向こうへ帰ってからでもなんでも……どうにかして。でもこのままじゃ駄目ね」

そう言って、おばさんは大げさにお手上げのポーズをとった。

「でも、どうしようもないの。『嫌だ』って笑うんだから。『じゃあ神様には無党派のおれを受け入れてもらおうじゃないか』とかなんとか言って」

ニーナは弱々しく小さな頭を垂れた。

マリヤおばさんは目を丸くした。

「分かってないわねえ、こんな辺鄙《へんぴ》なところで暮らしてちゃ無理もないけど。そもそも神様と党派に、なんの関係があるっていうの」

ニーナは手を一振りし、カクテルを飲み干した。マリヤおばさんはもう一杯お茶を注いだ。

「あんたのためを思ってだよ、ニーナ。神様んとこは人がいっぱいいるからね。私はいい人をたくさん見てきた、ユダヤ人もそうでない人も。そういう人たち皆を受け入れる用意があるの。うちの旦那、ずっと昔に殺されたコンスタンチン——あの人は洗礼を受けているから、すべての人が辿り着くあの場所で待っているのさ。私はもちろん聖女じゃないし、あの人と暮らしたのもたったの二年で、二十一のときに未亡人になった。その後は……まあ具体的に何とは言わないけど、人並みに罪深いこともしたわ。でも、他の人と結婚はしなかった。だからあの人は、あの世で私を待っているの。ニーナ、私が何を言いたいか分かるでしょう？　あの世で二人がバラバラになってしまったらどうするの、って言ってるの。ねえ、どうにかして彼に洗礼を受けさせなさい。こっそりでもいいから」

おばさんは説き伏せるように言った。

「こっそり……ってどういうことよ」

ニーナは訊き返した。

「ちょっと来なさい、人のいないとこで話すわ」

マリヤおばさんは意味ありげに誘い、元々みんなアーリクの周りに集まってキッチンには誰もいなかったのにもかかわらず、ニーナをユニットバスへ連れていき、自分はピンクのカバーのついた便座に腰を下ろし、ニーナをプラスチックのランドリーケースに座らせた。そしてその最も相応しくないと思われる場所で、ニーナは洗礼のすべてを聞かされたのである……。


少しして、ファイーナがやってきた。木彫りの顔に明るい色の藁の髪をつけたくるみ割り人形のように元気な彼女もまた新入りだが、すぐにここの生活に溶け込んだ。

「カメラを買ったよー」彼女はエレベーターを降りるなりそう言ってアーリクに近づくと、動かない頭の上で新しい箱を揺らした。「ポラロイドっての！　フィルムがそのまま写真になるんだ。ねっ、みんなで撮ってみようよ！」

ファイーナにとっては、この国にはまだまだ未体験のものがたくさんあり、それを次々に買って、食べて、評価しては、すべてのことに対して感想を持っておきたくて、うずうずしているのだった。

ワレンチーナはアーリクに掛けていたタオルケットをパタパタと揺らして扇いだ。しかしアーリクは、この場にいる人々のなかで唯一、さほど暑さを感じてはいなかった。ワレンチーナはタオルケットを放し、アーリクの背後に回り込んで、枕元に寄りかかった。そしてアーリクを少し引っ張ると、その暗赤色の頭を抱き寄せ、みぞおちにぎゅっと押しつけた。亡くなった祖母の話では「心」が宿る辺りだ。ふと涙が溢れた。アーリクの頭があまりに力なく胸の下に埋まってしまったのが、哀れで仕方なかった。まるで、まだ首の据わっていない新生児のようだ。ワレンチーナはこれまで、アーリクとの長い恋愛関係のなかで一度も、こんなに強く鮮やかな気持ちを抱いたことはなかった——彼を腕に抱きたい、手の中に包みたい、いや、できることなら自分の体の奥深くに入れて、彼を脅かす死から——おそらく既にその手足には触れてしまっている死から、守ってあげたい。

「みんな、そろそろ集まって。待ちくたびれたわよ!」

ワレンチーナは口元に微笑みを浮かべて呼ぶと、額の汗と頬の涙を拭った。そしてアーリクの肩に、赤いブラジャーに包まれた自慢の胸をどっかりと乗せた。ベッドの脇にはジョイカが座り、アーリクの膝を曲げてそれを自分の肩で支えた。反対側には、写真を左右対称《シンメトリー》にするために、マイカが座った。

ファイーナはしばらくクルクルとカメラを眺めまわしてファインダーを見つけられずにいたが、ようやく見つけると覗き込み、

「やだアーリク、いちばん手前にブツが写るわよ。隠して」

と文句を言った。

実際、いちばん手前にあったのは尿瓶《しびん》の管だった。

「あらぁ、そんな立派なモノ、隠さなくたって」

ワレンチーナが言い返すと、アーリクが、

「立派だが何の意味もない」

と、口角を少し上げた。

「ファイーナ、待って」

ワレンチーナが止めて、アーリクの背中の後ろに大きめのクッションを二つ差し込んだ。ロシア製のクッションは良家のニーナの嫁入り道具だった。それから、彼女はベッドを伝ってアーリクの足元へ移動すると、ピンクのバンドで留められた容器を局部からそっと外した。

「たまには休ませて、自由にぶらぶらさせてあげたほうがいいでしょ」

アーリクが、ふっと微笑んだ。彼はとにかく冗談が好きで、こういうくだらないジョークにも反応した。ワレンチーナは慣れた手つきでテキパキと動いた。世の中にはこういう、手が先にすべてを知っているような女性がいる。何も教える必要がない。生まれながらの看護師なのだ。

マイカは耐えられなくなって部屋を出た。彼女は去年、まずジェフリー・レシンスキーと、それからトム・ケインとひととおり体験してみて、セックスなんて全然しなくていいや、という結論に達してはいたのだが、それでもなぜだかあの尿瓶の管の扱いには反射的に拒絶感を覚えた。ワレンチーナのあの手つき……。なによ、みんなしてアーリクにべったりでさ……。

ちょうど、シャワーが空いていた。マイカはズボンを脱いだ。布越しに、角ばったケースが触れた。マイカはそれを落とさないように丁寧に服を畳んだ。使い方は、しっかり頭に叩き込んであった。マイカは、昨晩はアーリクの傍で過ごした。一晩中ではなく、数時間だったけれど。ニーナがアトリエで気を失うように眠り込んでしまった後も、アーリクは起きていた。そのときアーリクはマイカに、あることを頼んだ。マイカはすべて言われた通りにした。そして今、このプラスチックケースの中身は、アーリクにとってマイカこそが誰よりも親しい人間だという、紛れもない証拠だった。

水は生ぬるかった。暑さで水道管がすっかり温まっていた。タオルはすべて濡れていた。マイカはどうにか全身を拭くと、湿った体のまま服に袖を通し、外へ飛び出した。みんなと一緒に写真なんて、撮りたくもないことに気づいて。

マイカはハドソン川沿いの道に出ると、フェリー乗り場のほうへと向かいながら、アーリクのことを考え続けていた。たったひとりのまともな大人が、死のうとしている。まるでわざとマイカにつらい思いをさせようとするかのように、また大勢のおかしな人々のなかに――ロシア人とユダヤ人とアメリカ人の集う、生まれた頃から自分を取り巻くこの環境のなかに、マイカひとりを置いてきぼりにして……。

3

アーリクの目に変化が起きていた。その視力は、失われると同時に研ぎ澄まされているようでもあった。すべてのものが少し脹れ、密度を変えた。女たちの顔は不意に薄ぼんやりとし、物は僅かに滲んでいるが、その流れるような視界はどちらかといえば心地良く、物体同士の関係性を新たに浮き彫りにしていく。室内の一角を断ち切るように存在するのは片方だけの古いスキー板で、そこから汚れた白壁が勢いよく四方へ広がっている。そしてその壁の動きを支えている、女の姿。彼女は床にあぐらをかいて座り、不確かな壁に頭をもたせかけている。その女の頭と壁との接点が、この視界の絵画のなかで最も確かな箇所だった。

誰かがブラインドを少し上げ、出窓に差した光が瓶に落ち、ダークカラーに見えていた液体が緑や暗い金色に華やいだ。中の液体の量は様々で、それは瓶で作った楽器のようで、見ていると不意に若い頃の夢が甦ってきた。あの頃は、瓶のある静物画を多く描いていた。いったい、幾つの瓶を描いただろう。千か——ひょっとしたら、飲みほした瓶より描いた瓶の数のほうが多いかもしれない……いや、それはないか。やっぱり、飲んだ瓶のほうが多いな。アーリクは微笑むと、瞼を閉じた。

しかし瓶は消えなかった。色褪せて不均等な瓶の列が瞼の裏に焼きついている。アーリクは知っていた――これは、大切なものだ。思考はゆっくりと壮大に、おぼろ雲のごとく漂う。この瓶、瓶の瓶のリズム。そうだ、音楽が鳴っていた。スクリャービンの色光音楽は――よくよく知ってみると無機質で粗末な、ちゃちな玩具だった。ちょうどあの頃、光学と音響学を学び始めたが、とりたてて成果を残しはしなかった。彼の静物画は下手ではなかったが、まったく必然性がなかった。それにまだ、ジョルジョ・モランディの名さえ知らなかった。

当時描いた静物画はその後すべて風にさらわれるようにどこかへいってしまい、手元には残っていない。いや今でもペテルブルグの友人たちの元か、モスクワのカザンツェフ家には、少しはあるのかもしれない……。ああ、それにしてもよく酒を飲んだな。飲んでは瓶を溜めていた。普通の瓶は回収に回したが、外国製のものや古いもの、色ガラスの瓶なんかは集めてとっておいていた。

屋根の端のブリキ板金の上に並んでいたのは、チェコビールの茶色い瓶だ。誰が並べたのかは、後になっては誰も思い出せなかった。カザンツェフ家のキッチンには小さな扉の先に中二階があり、そこから屋根の上へ出られる窓があった。あるとき不意にイリーナが、その窓から外へ出た。それ自体は普通のことだった。いつもみんなその窓から屋根に出ては、歩き回ったり、踊ったり、日光浴をしたりしていた。イリーナは斜面にお尻をついてスルスルとすべって軒先まで降りた。立ちあがると、白いジーパンのお尻にくっきりと二つ汚れがついていた。並はずれて身軽な彼女は、屋根のいちばん端に立った。アーリクとイリーナは互いに初恋のために創られたような存在で、二人はいつも率直で、ごまかすことがなかった――空に鐘の音が響くように。

イリーナがアーリクとペテルブルグへ二日間の旅行へ行ってサーカスの練習をすっぽかしたせいで、代々サーカスをやってきた厳格な祖父の怒りを買い一座を追い出された直後、二人はカザンツェフ家の中二階に越してきた。そして日に日に募る互いの気持ちとともに、三ヶ月が経とうとしていた……。その日カザンツェフ家には、若者向けの小説を書く有名な作家が来ていた。作家は二人よりはだいぶ年上で、ウォッカを二本お土産に持参していた。なかなか、いい感じの男だった。それでイリーナはちょっと肩をすくめてみせたり、上目づかいにちらりと見たり、いつもより少し低い声で話したりしていた。それを見たアーリクが彼女に、

「媚びるような真似をするな。あいつが気に入ったんなら、行けよ」

と耳打ちした。作家は確かにイリーナの好みだった。

「違う、そういうんじゃないの。もしそうだとしても、ほんの少しだけ」

と、イリーナは後になってから言った。けれどその瞬間は、アーリクの無神経な冷たい言葉にカッとなって、屋根に飛び出して縁までお尻で滑っていき、並べた瓶の近くですっと立ちあがり、それからしゃがんだ。そのときはまだ、アーリク以外は誰も彼女の行動に気づいていなかった。イリーナは端にある二つの瓶の口を両手で摑むと、そのまま逆立ちをした。薄紫に染まった空をバックに、尖った靴先がすっと上がり、静止した。窓の方を向いて座っていた人々

は、屋根の上で逆立ちをしたイリーナを見て、はっと息をのんだ。

作家は何も気づかずに、将校のコートが盗まれたいきさつを面白おかしく話し、自分でその話に笑っていた。

アーリクは一歩、窓に近づいた……。イリーナは逆立ちをしたまま、前の瓶へ前の瓶へと手を持ち替えて渡っていった。一つの瓶の口を両手で摑み、片手を離して次の瓶に手を伸ばし、ぴんと張った全身の体重を移す……。作家はまだしばらく喋っていたが、そのうちふと黙った。背後でなにかが起こっている、と悟ったのだ。彼は振り返ると、太りはじめた頰をびくっと震わせた。彼は高所恐怖症だった。そう高くはない一階半の、高さ五メートルほどの家だったが、そういう計算より、反射的な恐怖のほうが強かった。

アーリクの手はじわりと濡れ、背中にも汗が伝った。その家の女主人ネリカ・カザンツェワ(彼女もいたずら好きな性格だったが)は、バタバタと大きな音をたてて板張りの階段を降り、外へ飛び出した。

ゆっくりと、恐怖で強張った空をつま先でひっかくようにして、イリーナは最後の瓶まで辿り着き、器用に足を下ろすと屋根に座り、それから雨どいのぐらつく管を伝って下へ降りた。ネリカは既に下へ来ていて、イリーナに向かって、

「逃げて、早く逃げて!」

と叫んだ。イリーナはアーリクの顔を見てまずいと悟り、即座に動いた。クロポトキンスカヤ通りのほうへ走ったが、遅かった。アーリクはイリーナの髪を摑んで捉まえて、平手で叩い

た……。

イリーナとアーリクはその後も二年、別れられずに一緒に過ごした。けれどもあの平手打ちで、二人のいちばんいい時代は終わってしまった。その後、彼らは別れた。赦すことも、冷めることもできないまま。プライドが高すぎたのだろう。あの夜にしたって、イリーナは結局、作家と一緒にどこかへ消えてしまったし、アーリクはそれに対し顔色ひとつ変えなかった。

最初に行動を起こしたのはイリーナだった。今までとは別の、ライバルのサーカス団と契約をし（これには祖父が激怒した）、一座と一緒にひと夏のツアーに出かけてしまった。アーリクが亡命への最初の一歩を踏み出したのはこのときだった——ペテルブルグ移住である……。

アーリクは目を開けた。彼はあの夏のモスクワの、古い屋敷の灼けつく屋根から漂ってくる熱気を、まだ体に感じていた。カザンツェフ家の板張りの階段を駆け下りた感覚が、筋肉に残っているようでもあった。夢のなかの思い出は記憶よりも鮮やかで、記憶のなかにすっかり溶けて消えてしまったと思っていた細部を見ることができた——家の主人が使っていた、カール・マルクスの肖像入りのひび割れたカップ。紺の琺瑯で縁取られた緑色のトルコ石がついたイリーナの指輪は、あのあと失くしてしまった。カザンツェフ家の息子はまだ十歳なのに、遺伝的に白髪交じりの黒髪だったな……。

陽は既にニュージャージー州のほうへ傾いて、窓から差し込む光がアーリクの顔に直接あたっていた。彼は目を細めた。ジョイカが隣に座り、彼の頼みで『神曲』をイタリア語で朗読し、詩連ごとに区切って、その内容を英語でずいぶん大雑把に説明している。しかしジョイカには言わずにいたが、実はアーリクはイタリア語がわりとよくできた。いつだったかローマに一年近く滞在したことがあり、その楽しくさえずるような言語は彼の頭に、粘土に手の跡を残すかのように何の苦も無くすっと入ってきた。けれど今となっては、その素質のすべてが意味を失くしていく。優れた記憶力も、絶対音感も、芸術家としての才能も。チロル民謡を歌うひょきんな声も、超一流のビリヤードの腕前も、なにもかもを引き連れて、彼はいなくなろうとしていた……。

ワレンチーナは感覚のないアーリクの足をマッサージしていた。そうしてさすっていると、少しだけ足が生気を取り戻す気がして。

アーリクがうとうとと微睡《まどろ》んでいる間に、アルカーシャ・リービンが新品のエアコンを持ち、比較的新しくできた恋人のナターシャを連れて来ていた。リービンが好きになるのはいつも不細工な、それも決まって虚弱体質で額が広く口が小さい、同じタイプの女だった。

「リービンは頂点を極めようとしてるんじゃないか」とアーリクが冗談を飛ばしていたのも、わりと最近のことだ。「ナターシャはティースプーンがようやく入るくらいの口をしているからな、次の女にはきっとマカロニだけ食べさせるつもりだろう」と。

リービンは今日、壊れたエアコンを外し新しいエアコンを取り付ける、プロでさえ二人がかりでやる作業を、一人でやるつもりでいた。

ロシア流の「為せば成る」精神でやり通そうというのである。リービンは出窓の瓶を床に置き、ブラインドを外した。その瞬間、まるで外された空間を突き抜けるように、通りからアーリクの大嫌いなラテンアメリカ音楽が聴こえてきた。音の主は、二週間前からこの近辺の人々を悩ませている六人組の南アメリカ先住民で、ちょうどアーリクのアトリエの真下に陣どっていた。

「どうにかして静かにさせられんかな」

小さな声でアーリクが言った。

「聞こえないようにしたほうが早いわ」

ワレンチーナが答えて、アーリクにヘッドホンをつけた。

ジョイカは理由が分からずムッとしてワレンチーナを睨んだ。今回はダンテが関わっているぶん、よけい腹を立てた。

ワレンチーナはアーリクのヘッドホンに、スコット・ジョプリンのラグタイム音楽を流した。ワレンチーナとアーリクが深夜の街をうろついて秘密のデートを繰り返していた頃、アーリクが彼女に教えた音楽だ。

「ありがとう、うさちゃん」

アーリクはウインクをした。

彼はみんなを、うさちゃんだとか仔猫ちゃんだとかいう愛称で呼んでいた。亡命者のほとんどは、二十キロの荷物と二十単語の英語だけを抱えて、百単位の物を捨てて——親と別れ仕事を手放し、住み慣れた町を、空気を、水を捨て、それからこれは後になって気づくのだが、母語を話す環境を捨て――ここへ来ており、言葉は次第に簡便で無味乾燥なものになっていく。そのなかで新しい言語であるアメリカ英語を少しずつ覚えていくのだが、これもまた教科書的な最低限の言葉であり、彼ら同士は亡命者の間でだけ通じるどこかコミカルで単純な仲間内の言葉で話していた。そしてその亡命者言語の世界には、ロシア語も英語もイディッシュ語も、最先端の隠語もユダヤ小噺のユーモアも、なんでも身軽に入っていく――

「まったくもう」と、ワレンチーナが呆れたように言った。「あんなの音楽じゃなくて騒音じゃないの！　ちょっと《インゲレ》、そこの窓も閉めてちょうだい。いったい何を求めて生きてるのかしら、食べて飲んで、いい雰囲気《ムード》でファンに囲まれて――みたいな生活？　あんなひどい音《ゲヴァルト》、頭痛《ヘディック》の種でしかないわ」

気を悪くしたままのジョイカは、フィレンツェの亡命者ダンテの赤い本をベッドに置き、隣の自宅へ帰っていった。小さな口のナターシャは、キッチンでコーヒーを沸かしていた。ワレンチーナはアーリクに寝返りをうたせて横向きにし、背中を撫でてやっていた。床ずれはまだ起こしていないようだ。局部の皮膚が擦れていたので、尿瓶の管は外したままにした。湿ったシーツには汚れが溜まっていたので、ファイーナが纏めて部屋の隅の洗濯機へと持っていった。ニーナはアトリエのソファーで、グラスを手に持ったままうとうととしていた。

リービンはまだエアコンと格闘していた。ちょうどいいサイズの取り付け用の金具が足りなかったのだが、忘れた工具を家にとりに帰ることはせずに、ロシアでよくやるように長すぎる二つの金具を加工して丁度いいサイズの金具を一つ作ろうとしていたのだ。

4

長々と時間をかけて傾いていた太陽がようやく、まるでコインがソファーの後ろに落ちるようにストンと沈み、五分後には夜が訪れた。みんな散り散りになり、ニーナはこの一週間で初めて夫と二人きりになった。ニーナはアーリクを間近で見るたび、初めて見たようなショックを受けた。アルコールで促した数時間の睡眠は、心に休息を与えてくれる。夢のなかでは、猛烈な勢いでアーリクを蝕む珍しい難病のことをきれいさっぱり忘れていて、目を覚ますたびに、ひょっとしたらこのわけの分からない騒動はすべて幻で、アーリクがいつものように歩いてきて「お、うさちゃん、こんなところで何してるんだ」とでも言うんじゃないかという気がする。

だが、それは決して起こらなかった。

ニーナはアーリクのいる部屋へ入り、隣に横になり、骨ばった彼の肩に自分の長い髪をかけた。どうやら眠っているようだ。苦しそうな息づかいに、ニーナは耳を澄ます。アーリクは目を閉じたまま、口を開いた。

「この凄まじい暑さはいつまで続くんだ？」

ニーナはがばりと起きあがり、リービンが床に置いたマリヤおばさんの七本の瓶セットがある部屋の隅に飛んでいくと、一番小さな瓶を手にとって戻り、栓をとってアーリクの鼻先に近づけた。ツンとするアンモニアの匂いが広がった。

「どう、少しは楽？　楽になった？」

ニーナは返事をせがんだ。

「ああ、楽になったみたいだ」

と、アーリクは答えた。

ニーナは再びアーリクの隣に横になり、アーリクの頭を自分のほうに向けさせると、耳元で、

「アーリク、私のためにしてほしいことがあるの」

と囁いた。

「なんだ？」

本当に分からなかったのか、それとも分からないふりをしたのか、アーリクは訊き返した。

「洗礼を受けて。ね、大丈夫だから。きっと治療も進むし」ニーナはアーリクの弱々しい手首を両手で包み、そばかすのある手にそっとキスをした。「怖くないから」

「おれは、怖いだなんて思っていないよ」

「じゃあ神父さんを連れて来ていいのね？」

ニーナは嬉しそうに言う。

アーリクは虚ろに漂っていた視線を一点に集中させ、ふと真剣な声で答えた。

「ニーナ、おれはキリストにはなんの反感も持っちゃいない。好きだと言ったっていい。もっ

とも、あいつは多少ユーモアが足りなかったのかもしれんが。だがな、おれ自身もまた、賢いユダヤ人だ。洗礼ってやつは馬鹿げている、演劇のようなものだ。おれは演劇は好きじゃない。好きなのは映画だ。だから、ほうっておいてくれないか。仔猫ちゃん」

ニーナは痩せた指に力を込めて、ゆすった。

「じゃあ、話すだけでもいいから。ここへ来て、あなたと話すの。ね？」

「来るって、誰が」

アーリクは訊き返した。

「そりゃあ神父さんよ。とってもいい人なの。ね、お願い……」

ニーナは舌先でアーリクの首を舐め、続いて鎖骨を、そして痩せて浮きでた骨に張りついたような乳首をなぞった。それは互いを誘うときに二人がいつもしていた仕草だった。ニーナは愛の遊戯に誘うように、アーリクを洗礼に誘っていた。

アーリクは、かすかに笑った。

「しょうがないな。じゃあ神父を連れてくればいい。ただし条件がある。ラビも呼んでくれ」

ニーナは啞然とした。

「冗談でしょ？」

「いいや、いたって本気だ。これだけ重要なことだからな。別の可能性も検討させてもらう権利はあるだろう……」

アーリクは、どんな状況からも最大限の楽しみを引きだす才能を持っていた。

「やった、ついにやったわ」ニーナはそれでも大喜びした。「絶対、受けさせてみせるんだから」

神父のヴィクトルには、ずいぶん前に話をつけてあった。ヴィクトルは小さな正教会で主任司祭を務めている教養のある男で、革命直後に亡命した第一の波の亡命者の子孫であり、複雑な生い立ちでありながら素朴な信仰心を保っていた。人あたりが良くユーモラスで、いつも喜んで信徒たちの元へ通い、酒を飲むのも好きだった。

だがどうやったらラビを見つけられるか、ニーナは途方に暮れた。彼らの交友関係にはユダヤ教徒との接点は特になかった。しかしアーリクがどうしても必要な条件だというのなら、なんとしても探し出さなければいけない。

ニーナは二時間ほどアーリクに薬草の湿布を貼ることに費やし、足の薬草も塗り直し、胸にも匂いのきつい液体を塗った。そうこうしているうちに深夜三時、ふと、いつだったかイリーナ・ピルソンが笑いながら、彼女はこの地域のユダヤ人のなかでも、安息日やカシュルートの掟をすべて守る本物のユダヤ人と結婚したから、ゲフィルテ・フィッシュが作れる珍しいロシア人なのだと話していたのを思い出した。

ニーナは迷わずイリーナに電話をかけた。イリーナは深夜の受話器から聞こえてきたニーナの声に、（ついに時が来たのね）と、覚悟を決めた。

「ねえイリーナ、あなたの別れた旦那さんって、ユダヤ教の信徒だった？」

受話器から聞こえた突拍子もない質問に、イリーナは（違う、酔っぱらってるわ）と思い直した。

「そうだけど」

「じゃあ、その人に来てほしいの。アーリクがラビを呼んでくれって」

（酔っぱらったなんてもんじゃなく、気が狂ったのかしら）とイリーナは考え、慎重に言葉を選んで、

「明日にしましょう、夜中の三時じゃいずれにせよ誰にも電話できないわ」

と返した。

「本当に急いでるのよ」

はっきりとした声で、ニーナは念を押した。

「明日の晩に寄るわ、ＯＫ？」


イリーナはニーナに純粋な興味を抱いていた。一年半前、アーリクのアトリエを覗きに来た本当の理由も実はそれだった——アーリクの心を摑んだのは、どんな特別な女なのか。

アーリクはほとんど生まれつき女にもてた。ごく幼いころからベビーシッターにも保母にも好かれ、小学校にあがるとクラス中の女の子の誕生日パーティーに招待され、どこかへ遊びに行けば、その家のおばあちゃんから飼い犬までみんなアーリクを好きになった。年頃になって、同年代の少年少女が大人への一歩を踏み出さなければならないのに踏み出せずソワソワと不安に苛まれ、賢かった子供たちが馬鹿げた冒険に走る頃になると、アーリクは誰にとってもかけ

がえのない存在になっていた。友人同士の喧嘩を仲裁し、人を笑わせ、笑うことができたし、なにより人並み外れていたのは、人生は次の月曜日から始まるという限りなく確かな自信で、昨日などというものは（特にいまいちな昨日の場合はなおさら）無かったことにしてしまう才能だ。さらに演劇芸術大学では「蛇毒」という綽名の女教官さえも彼の魅力に落ち、アーリクは四度も大学を除名になりながら、三度はその教官のおかげで大学へ戻ることができた。

イリーナが初めてニーナに会ったときの印象は「わがままで偉そうなバカ女」だった――美しくはあるがくたびれた印象の女が、汚れた白い絨毯の上で巨大なパズルをやっていて、忙しいから邪魔しないでほしいと言ったのだ。もう少しよく知ると、ニーナはただ少し頭の足りない女で、精神的に不安定なのだと思うようになった。元気がないかと思えば急に怒りだしたり、笑い転げていたと思ったら急に憂鬱そうになったりする。最終的にイリーナは、これは軽度だが確実なアルコール依存症の症状だろうという結論を出した。

なぜアーリクがニーナと結婚したのかは、理解できなくもなかった。だがこれほど何年も、手の施しようのない愚行と病的な怠惰やだらしなさに耐えているのはいったいどういうわけなのか……。イリーナは今更ニーナに嫉妬をしていたわけではないが、ただひたすら、わけが分からなかった。イリーナはこれまで一度もニーナのような女を見たことがなかった。だがニーナは、あまりにも頼りないがゆえ周囲に――とりわけ男たちに、充実した責任感を呼び起こすタイプの女だった。

ニーナにはもうひとつ特別なところがあった。それは思いつきや気まぐれを限界まで追求していくことだ。例えば、ニーナは絶対にお金に触れようとしなかった。アーリクはワシントンなど少しでも遠方へ出かけるとき、その間ニーナが買い物へは行かないことを——汚らわしい紙幣を触るよりは餓死するほうを選ぶだろうということを知っていたので、必ず冷蔵庫をいっぱいにしていった。

ロシアではニーナは一度も料理をしたことがなかった。理由は、火を恐れていたから。当時は星占いにはまっていて、どこかで「天秤座は火にまつわる危険に注意」と読んで以来、一切ガスコンロに近づかなくなった。「風の星座と火は相性が悪いっていう、宇宙の法則があるの」というのがニーナの主張だった。ここのアトリエはコンロもガスコンロではなくプレートが熱くなるタイプの電気コンロだったし、火といえばマッチの先に灯る以外は目にもしないような環境だったが、それでもニーナの料理嫌いは直らなかった。そこでアーリクは、いとも容易く見事な手さばきで料理や台所仕事をこなすようになった。

お金と火以外の、もっと抽象的な問題もあった——異常に優柔不断なのである。しかも迷いの対象が些細であればあるほど、悩み方は深刻だった。あるときイリーナが、顧客の歌手からオペラ鑑賞の招待券をたくさんもらい、娘に頼まれてアーリクとニーナも誘って四人で行くことになった。イリーナとマイカがアーリクとニーナを迎えに来ると、ちょうどニーナがタイトでミニマムなワンピースやおしゃれな靴を次から次へと試している最中で、しまいには疲れ果ててベッドに突っ伏して「もうどこへも行かない」と言い放ち、枕に顔をうずめて泣きだした。だがアーリクが（偶然その現場を目撃してしまったイリーナ母娘のほうを努めて見ないように

しながら）、その辺に転がっていたワンピースを適当に拾いあげ、

「これだ。オペラにはビロードと決まってる。ビールにソーセージみたいなもんだ」

と言った途端、すべてが解決してしまった。マイカは、その後に見たオペラよりもこの一幕のほうに強く感銘を受けたほどだった。

イリーナだって、わがままや気まぐれの効力はよく知っていて、少女の頃にはよく使ったものだ。けれども彼女には、それに加えて常にサーカスで技術を磨こうという意識があった。そのとき学んだ綱渡りの法則は、亡命生活にうってつけだ。だから彼女は、ここの亡命ロシア人のなかでもいちばんの成功者になったのかもしれない。足の裏は痛み、心臓は停止寸前で、目には汗が流れ込んでも、頬がひきつるほどの満面の笑みを浮かべ、誇らしげに顎を突き出し、鼻先も同じく星に向け――そのすべてを軽やかに、楽々と、楽々と、軽やかに……。イリーナはその調子で脇目もふらず、血のにじむような思いをして、八年間、毎日二時間は足りない睡眠不足に耐え、アメリカで高給を稼げる仕事に就くためにがんばったのだ……。選択肢を突きつけられ決断を迫られるような場面が一日に幾度もあった。だから、とうに覚悟はできていた――もし今日の決断が最良でなかったとしても、落ち込まないこと。

「過去は決定的で、変えることはできない。けれども過去には、未来に影響を与える権利などないわ」というのが彼女の口癖だった。ところがあるとき、ある決定的な過去が、彼女にとって一種の権力を持っていることが分かった。

アーリクとイリーナは、迫り来る死についても昔の思い出についても、一切話さなかった。

ところが、イリーナが夢にも思わなかった事件が起きた。娘のマイカが、アーリクともその友人たちとも、ためらいなく気楽につきあうようになったのだ。その様子を見た周囲の人々は、この子が重い精神障害を乗り越えたことなど想像しようもないほどであった。二年近くがたった今もマイカは暇さえあれば必ずこの騒々しく散らかったアーリクの巣穴に通っていたが、イリーナにはいったいなにが娘をそうさせているのか、いっこうに分からなかった。

イギリスの金の魚――とはいえ華やかな蝶尾《ちょうび》の金魚よりは日焼けしたマグロに似た男、ハリス博士。彼とイリーナは、もう四年も前から婚約関係にあった。この男は先日、五日間ニューヨークに滞在してようやくイリーナを捉まえたが、おそらく自分は捨てられるのだろうという確信とともに傷心して帰っていってしまった……。しかしイリーナには、そんなつもりは毛頭なかった。ハリス博士は著作権法を専門とする著名な学者で、イリーナにとっては知り合うことすら不可能に近いところにいる人だった。だが偶然、助手として参加した交渉の後の懇親会で、たまたま女性がほとんどおらず、イリーナはまるで年老いたカラスの群れにいる一羽の白鳩のように、黒いタキシードの群れの中でひとり際立っていた。それから二ヶ月後、イギリスで行われたその会のことなど思い出しもしなくなった頃になって、突然彼女は、若手弁護士のための学会に呼ばれた。事務所の上司はなぜイリーナが呼ばれたのか分からずに首をひねり、まさか自分の配下で働く小柄な助手のイリーナがハリスに気に入られていようとは予想だにしなかった。しかしともかく三日間の休暇を与え、イリーナをヨーロッパへ行かせた。そして今や、ハリス博士は彼女と結婚をするつもりでいるのだ……。

大恋愛がどうとか、そういう問題ではない。ことはもっと現実的だ。四十歳を迎えた女は誰しも、ハリス博士のような人を夢見る。そしてイリーナはちょうど、四十歳になったところだった。

まあ、少し馬鹿げた展開に思えるかもしれないが……。

次の夜、イリーナはニーナと話をするためにアーリクのアトリエへ来た。またもや寝室にいた薬草使いのおばさんは、旅立ち前にほんの数分といって慌ただしく立ち寄ったところで、ニーナはその周りで忙しそうに動き回っていた。アトリエにはいつもの通り人々が集まっていた。

イリーナはお腹が空いていたので冷蔵庫を開けた。これといって、めぼしいものはない。ロシア食品店の紙袋には、ここでは高価な黒パンと乾燥しかけたチーズが入っている。イリーナはオープンサンドを作り、ニーナがいつも飲んでいるスクリュードライバーを飲む。この家ではなぜだかみんなこれを——ウォッカとオレンジジュースのカクテルを飲むようになっていた。

そこへようやく来たニーナに、

「で、なんでゴットリープを呼ばなきゃいけないの」

と訊くと、

「ゴットリープって？」

ニーナはきょとんとした。

「なに言ってんのよ、あんたが夜中に電話してきたんでしょ」

「ああ、ゴットリープっていうのね。ううん、ただ名前を知らなかっただけ。アーリクが、ラビを呼んでくれって言うから」

ニーナの無邪気な口ぶりを見て、イリーナは急に苛立ちを覚えた。私、なんでこんなバカな女を相手にしているのかしら……、と思いながらも彼女は仕事で培った忍耐力を発揮してその気持ちを抑え、優しく訊く。

「どうしてラビに来てほしいの。なにか間違えてない？」

ニーナの顔がぱっと明るく輝いた。

「そうそう、聞いてちょうだい。アーリクがね、洗礼を受けてもいいって！」

イリーナは怒りで頭がぼうっとなった。

「ニーナ、洗礼を受けるなら神父を呼ぶべきなんじゃないの。そうでしょう？」

「そりゃあそうよ」ニーナは頷く。「もちろん神父さん。当たり前じゃない。だけど神父さんにはもう話してあるの。で、アーリクが頼むのよ、ラビとも話がしたいって……」

「アーリクが洗礼を受けたいって……？」

イリーナはようやく話の核心に気づき、訊いた。

ニーナは痩せすぎて美しさを失った両手で、細い顔を覆った。

「フィーマがね、もう長くないでしょうって。みんな言うのよ、もうだめだって。それでマリヤおばさまは、最後の望みは洗礼を受けさせることだ——って。ねえ、彼がなにもない所へ行ってしまうのは嫌なの、神様に受け入れてほしいの。それがどれほどの闇か分かる？　想像を絶するような闇よ……」

ニーナにはその想像を絶する闇についての知識が少しあった。というのも、彼女は三度の自殺未遂を経験していたからだ。最初は、まだ少女の頃。二度目はアーリクがロシアから去ってしまったとき。三度目はアメリカへ来て、身ごもった子を死産したあとだった……。

「とにかく早く、急がなきゃいけないの」ニーナはジュースの残りをグラスに注ぐ。「イリーナ、ジュースを買ってきてくれるかしら。あ、ウォッカはいいわ、昨日スラヴィクが持ってきてくれたから。あとはおたくのゴットリープにラビを連れてきてもらって……」

イリーナは鞄を手に取り、冷蔵庫の上の缶箱を開けて中を見た。いつもはそこに請求書を溜めてあるのだが、今日は空だった。誰かがもう払ったのだろうか。

5

イリーナは常々こう語っていた――「私はすべての馬に賭けてみたの、そのひとつがユダヤの馬だっただけ」。さてユダヤの馬は、ふさふさの黒い顎鬚を蓄えたリョーヴァ・ゴットリープという名の男で、ロシア人のイリーナをユダヤ教に入信させることに成功していた。それも生半可なものではない。土曜の安息日にろうそくを灯す習慣も、沐浴も帽子（ちなみにこの帽子はイリーナにとてもよく似合っていた）も含めて、ひととおりの慣習を教えたのである。幼いマイカはユダヤ教徒の通う女子小学校に入学したが、この頃のことは今でも良い思い出として心に残っていた。

イリーナは丸二年間、完全なるユダヤ教徒として生きた。ヘブライ語も学んだ。飲み込みの早い彼女はすぐに習得でき、学習能力不足で自尊心が傷つくこともなかった。シナゴーグに通い、心から楽しんで家庭生活を送った。だがある朝目覚めたイリーナは、気づいてしまった——死ぬほど退屈だ、と。そしてすぐに身の回りの荷物をまとめると、そのまま家を出た。リョーヴァに宛てて文字通りひとこと、「出て行きます」と書き残して。後になって旧友の家でリョーヴァがイリーナを見つけ出し、またやり直さないかと切りだしたときも、彼女は「厭きたのよ」の一点張りだった。これはイリーナの人生最後のわがまま……というより、情熱の反乱のようなものだったのかもしれない。以降イリーナは一度も、思いつきで突飛な行動に出ることはなかった。

そして、カリフォルニアに越してきた。この間、彼女がどうやって生計を立てていたのか、ニューヨークの友人たちは知らなかった。貯金があったのだろうと思う者もいれば、愛人に養われていると考える者もあったが、詳細は分からなかった。イリーナは、昼間はイギリス仕立ての亜麻やツイードのスーツを着て歩き、夜になると羽や宝石を纏い、無能な金持ちが集まる店でサーカスのアクロバットを元にした演目を披露していた。だから、サーカスで磨いた技術は無駄にならないどころか、下手な博士号より役に立った。イリーナは曲芸の能力のおかげで、夜は脚をフル回転させてお金を稼ぎ、昼間は頭をフル回転させてロースクールで学ぶことができたのだ。見事に専門知識を習得し卒業する頃には、毎朝六時半に起き、それまで四十分かけてお風呂に入っていたところを三分のシャワーで済ませ、電話がかかってきても留守電に声が入って誰が掛けているのかが分かるまでは受話器をとらない、という生活を身につけていた。そしてついに、堅実な事務所で弁護士の助手として雇用されるまでに至った。

ロサンゼルスに住み、亡命ロシア人とはほとんど付きあわず、ロシア語を喋るときは軽い英語訛りになるように心がけた。これはなかなか楽しかった。分かる人には分かることだが、訛りのニュアンスを付加するのは、訛りをなくすよりは簡単だ。すぐにロシア人と分かるような苗字は、用心深く最初にアメリカの身分証を獲得する時点で変えてしまっていた。

ナイトショーに出演していた時分からはそれなりの交友関係が残り、人脈をたどってイリーナの事務所を訪れる一定の顧客層を生み出した。かなり奇抜な人々ではあったが、事務所の責任者はこれを評価した。じきに、イリーナは一部の仕事の裁量を任されるようになった。彼女はそれに応え、些末な事例ではあるが何件かの勝訴を勝ちとった。もしこれがアメリカの若者だったら、まあまあの業績という程度だっただろう。だがロシアから来た四十歳の元サーカス団員イリーナにしてみれば、紛れもない偉業だった。

かつての夫リョーヴァにとっても、離婚後の人生は順調に進んだ。再婚相手はモギリョフ出身の正統派ユダヤ教徒の娘で、サーカスの過去などない、いや、そもそも一切なんの過去もない女だった。どっしりと大柄でお尻の大きなその女は結婚後の七年で五人の子供を産み、イリーナとの別れの空白をすっかり埋めてくれた。分別のある妻は友人たちに向かって自信満々に、「ユダヤ人の男ってみんな非ユダヤの女ばかり追いかけるけど、ひとたび本物のユダヤ人の妻を見つけたら、もう離れないのよ」と話した。これが彼女の知恵を振り絞った到達点ともいうべき結論だったが、まあリョーヴァが聞いたとしても反論はしなかっただろう。

イリーナがすぐに電話帳からリョーヴァの住所を見つけ出し、大至急会って話したいことがあると告げると、リョーヴァはかなり慌ててしまった。そしてイリーナが彼の住むブロンクスに到着するまでの二時間というもの、「なにか、とんでもなく不利益な話か、もしくは気まずい話をされるのではないか」と心配で、始終ソワソワしていた。

リョーヴァの、小汚くはあるが事務所として使っている場所、そこで取引されている仕事はすべて、元をたどればイリーナが始めたものだった。イリーナの現実的で明晰な頭脳と冒険心との組み合わせが、うまく事を進めたのだ。ほかでもないイリーナの発案で、彼らはそう長くはない結婚生活の初めにリョーヴァの所持金をかきあつめて五千ドルほどの資金を全額、ユダヤ教の清浄規定に適ったカシェル化粧品の生産というリスキーな事業につぎ込み、それが立派に成功したのである。当時のイリーナはユダヤ教との短いロマンスを謳歌している頃だったが、それでも規定をかなり簡略化し自己流にアレンジしたもので、清浄規定で禁止されている食べ合わせ――肉と乳製品の好相性には目がなかったし、とりわけ生きている時にブーブー鳴いていた動物の肉は好んで食べた。

だがその化粧品にようやく買い手が現れてきた頃、イリーナはユダヤ教の禁ずる原材料で作られたアメリカ化粧品の輝きに包まれて、彼のもとを去った。人生の新たな段階に入ったリョーヴァは、じきに改革派から正統派に移行した。そこにはビジネスライクな理由もあった。彼はユダヤ人女性の品格のある顔に似合わない派手な色の化粧品を手放すことに決めてその部門を従弟に譲り、自分はカシェルシャンプーと石鹼の製造販売部門に専念し、後にカシェル頭痛薬をはじめとする医薬品も扱うようになる。そしてどうやら世の中にはこういった商品を詐欺とは思わない人も、わりあい多く存在したようであった。

リョーヴァは事務所の入り口でイリーナと再会した。二人ともずいぶん以前とは変わっていたが、それは時の流れの仕業というより人生の変化の表れだった。リョーヴァは太り、その横幅と頰の肉づきのせいで背が低くなったように見えた。顔色も、かつてのように若きダヴィデ王を思わせる紅潮した色白の肌ではなく、ワントーン落ち着いた色をしていた。リョーヴァと暮らしていた頃は、肩に穴の開いたメリヤスシャツを着て引きずるほど長いインド風のスカートばかりを穿いていたイリーナは、雑誌から飛び出してきたような完璧なスタイルに眉や鼻の整ったライン、きりっとした顎と柔らかな唇で、彼の前に現れた。

（真珠だ、まさに真珠のようだ）と、リョーヴァは思い、次の瞬間にはそれをそのまま口にしていた。

イリーナは昔と変わらず朗らかに笑った。

「気に入ってくれて嬉しいわ、リョーヴァ。あなたもけっこう変わったけど、でも悪くないわね、堅実で財力のある男って感じがする」

「ああ。それに五人も子供ができたんだよ、イリーナ。五人も」そう言ってリョーヴァはデスクから小さな家族アルバムを出してイリーナに見せ、続けて「マイカちゃんも元気かい」と訊いた。

「元気よ、ずいぶん大人になったわ」

イリーナはじっくりとアルバムをめくり、眺め、頷いて、デスクの上に戻した。

「それで、話っていうのはね。モスクワ時代からの親しい友人がいて、ユダヤ人なんだけど、その人がとても重い病気にかかっているの。もう長くはないわ。その彼が、ラビと話がしたいっていうのよ。協力してもらえる？」

「話って、たったそれだけか？」

リョーヴァは急激に気持ちが軽くなったのを感じた。それはやはり、イリーナが財産分与の件で、最初の五千ドルに関して当時二人は結婚していたのだから……となにか要求をつきつけに来たのではないかと思っていたからだ。リョーヴァは誠実な人間ではあったが、家族を養う身となった今、急な支出は非常に困るのだった。リョーヴァはふと「もし必要なら、十でも都合しようか……」と口走り、ばかなことを言ったと気づいて恥ずかしくなったが、イリーナは何を言われたのか分からなかったのか気に留めず、

「でも、急がなきゃいけないのよ。大至急お願いしたいの。もう、ほんとうに危ない状態だから」

と頼んだ。

リョーヴァは、今晩必ず電話すると約束した。

そして夜、その言葉通りにリョーヴァは電話をかけてきて、ニューヨークの大学で講義を受け持っているイスラエル出身の素晴らしいラビがいるからその人がいい、と話した。そしてもう話をつけたから、安息日が終わったらすぐに病人の元へ向かわせる、と約束した。

ところがなんと、普段はなにかを忘れるということが一切ないイリーナが、このときばかりはユダヤ教の安息日が土曜の夜には終わっているということをすっかり忘れ、ニーナに、ラビは日曜の朝に来ると伝えてしまった。

ヴィクトル神父は、土曜の祈禱が終わったらすぐに向かう、とニーナに約束した。ニーナは神父のほうが先に来ることに、重大な意味を見出していた。

6

フィーマがベルマンの家へ着いたのはもう夜更けで、彼は呼び鈴を鳴らさずに中へ入った。二人はそういう遠慮のいらない関係だった。ずっと昔からの友人同士で、少しだけ血の繋がりもあった。とはいえずいぶんな遠縁で、祖父方ということは知っていても辿るのは一苦労だったが、そんなのはまあ、さして重要ではない。重要なのは、二人とも生まれながらの医者だということだ。それは人が金髪で生まれたり、歌の才能を持って生まれたり、弱虫として生まれたりするのと同じで、要するに二人は医者になるための素質を与えられて生まれてきたのである。人体に対する感覚、血の流れを聞きわける聴力、医者向きの一種特別な思考回路。「体系的な思考」だ、とベルマンは言った。

二人とも、分かっていた——どういう気質と代謝タイプを持ち合わせた人間が高血圧になりやすいか、潰瘍ができやすいのはどういう場合か、喘息は、癌は……。肌が乾燥しているとか、白目に濁りがあるとか、口角が炎症を起こしているとかいう症状には、診察を始める前に気づいた。

とはいえ、ここ数年というもの二人ともほとんど病人の診察はしておらず、知人に頼まれて往診に行く程度だった。

フィーマとは違い、ベルマンはアメリカに来て二ヶ月で現地の試験にすべて合格し、ロシアの大学でとった資格の国際証明をとり、さらに誰にも負けない記録的なスピードで新しい資格もひととおり取得した。彼はその後すぐ総合病院に職を得て、週に七十時間は働きながら、アメリカ医療の現場を学んだ。彼はアメリカの医療に対してもロシアのそれと同じくらいの不満を覚えたが、その理由は異なっていた。そこでベルマンは、あまり親しみを持てないアメリカの医師たちから距離を置くことができる、新たな分野に着手した。

それは、開拓され始めたばかりの分野だった。

（ロシアではあと二十年は導入されないかもしれない、いや今後もずっと無理かもしれないな）と、ベルマンは残念に思った。

その名は、核医学。病気の早期発見を目的とし、体内に微量のラジオアイソトープを入れてコンピューターで分析するというものだ。

ベルマン自身が語るように、彼は自らに残された最後の頭脳を振り絞って最新コンピューターの開発をし、最後のエネルギーを早期治療研究所の開設とその設備導入につぎ込んだことで、膨大な借金が発生し、それを返すことに残りの人生を費やさなければならなくなった。

事業自体は成功し運営もうまくいっていたが、収入はほぼすべて借金返済と利子の支払いに消えていった。この地では利子というものが、まるで湿った壁に広がるカビのように素早く増殖する。

ベルマンの債務は四十万ドル以上あるのに対し、フィーマは四百ドルだ。これはアメリカ流に考えればベルマンのほうが成功し、フィーマは非常に惨めな状態にあるということになる。二人とも同じようにぼろいアパートに暮らし、同じように粗末な食事をしていた。違うところといえば、ベルマンは立派な白衣を三着買ったのに対し、フィーマは粗末な普段着しか持っていなかったことくらいだ。

「アメリカではこういう暮らしが普通みたいだから、ま、現地流ってことだな」

と、ベルマンは笑ってフィーマの肩を遠慮なく叩いた。

ベルマンほどの頭脳と教養の持ち主がやろうとする意欲的な事業に対しそれほどの貸付が得

られるということは、それだけの価値があるのだと、二人ともよく分かっていた。だからベルマンは今日にでも住み心地のいいイーストサイド・マンハッタンへ引っ越すこともできたわけだが、あいにく彼は倹約家で慎重な性格だった。

フィーマは気後れしていた。研究所を開設するときも、技師として一緒に働かないかとフィーマを誘った。ベルマンはいい奴だ。妬みや羨みではないにせよ、胸がちくちくと痛んだ。ベルマンはいい奴だ。研究所を開設するときも、技師として一緒に働かないかとフィーマを誘った。だがそのためには何らかの専門教育を受けなければならないのに、フィーマはいまだに英語の教科書と格闘しており、来年こそは本気になって試験に受かってみせるぞと自分で自分に言い聞かせ続けていた……。結果的に、フィーマはベルマンの誘いを断った。このままの状態でそれを受けることは、完全なる降伏を意味してしまうと考えて。

かつてロシアにいた頃、二人は対等だった。自らの価値を知る、若く才能ある二人の医師。ところがここアメリカへ来て専門分野の知識とは関係のない語学力の差が響き、ベルマンはフィーマの手の届かないところまで行ってしまった。だが今回、アーリクの件に関して二人はまた対等な立場に戻っていた――一人の病人を診る二人の医師として。

ベルマンへの相談は、いわゆるセカンド・オピニオンだった。アーリクが、右腕が動かなくなる兆候を感じて最初に相談したのはフィーマだ。二年前のことだ。（たいしたことはない、画家の職業病だろう、腱鞘炎かもしれんな）とフィーマは考えて最初の診断を下したが、その後すぐに気づいて訂正する。左手も動かなくなっていったからだ。もし進行がこれほど急でなければ多発性硬化症も疑ったところだが、ともかく、本格的な検査が必要だった。

そこでベルマンが初めてアーリクに会い、診察をした。もちろん無料で、アイソトープ代も自腹で出した。しかしコンピューターはなにも診断を出さなかった。

「さすがアメリカ製だ、タダ働きは嫌なのかな」ベルマンは苦笑いをし、「とりあえず見た目が健康なうちに、保険に入りなさい。使えるようになるのは半年後からだが、こういう病気は自然に治るような性質のものではないから」と勧めた。

しかし保険に入るようなお金は持っていなかったし、アーリクはこれまで半年後のことなどまったく考えない人生を送ってきた。それに加え、ソ連の暮らしから受け継いだ、行列や役人や公的書類といったものへの嫌悪感もあって、アーリクはアメリカで一度も手当や給付金などを受けたことがなかった。亡命者のなかには、競い合うようにしてそういった支援や優遇制度を利用して食料の配給から無料の貸部屋までを受け取っている人々もいた。だがアーリクはほぼ二十年にわたり、思うままに好きな仕事をしながら、鳥のように自由に生きていた。周囲から見ると、まるでお金などなくとも生きていけるように見えた。アーリクのそんな生き方は、真面目に働いている人々よりも、することのない暇な人や、自分は器用に立ち回っていると自負したい人々にとって、よけいに癪に障るようだった。

そういうわけでアーリクには定職もなければ保険もなく、それらをあてにするのは不可能だった。ましで今となっては、何日もかけて順番待ちをし長い行列に並び書類を受け取ることなど、できそうにない。

しかし機械化されシステム化されたアメリカの医療制度には若干の隙があり、そこを狙うことは可能だった。

病院での最初の検査は、他人の身分証を使って受けた。血は黙していた。

外出先での体調不良を装って、最初の入院をさせた。救急車を呼び、ひと芝居打ったのだ。まず、向かいのカフェの店主が緊急電話をかけ「誰かがうちの店の前で転倒して気を失っている」と訴える。倒れたはずのアーリクは、カフェのテーブルを三つ繋げた上に寝ころび、後ろで結わいた赤毛を垂らして、店主に目配せしながら五分、救急車を待った。アーリクは病院に搬送され検査を受けることができ、入院は公的医療扶助《メディケイド》の対象とされた。

そのときアーリクを診たのは神経科医で、点滴をし、しかるべき薬を処方した。だがそれがあまりにも退屈で、アーリクは病院から脱走してしまった。フィーマは激怒した。なにはともあれ診立ては良かったし、対症療法ではあったが、はっきりした病名が分かるまではそれしか方策はないのだから。そしてとにかくもう一度入院しろと強く勧め、それを可能にする唯一の方法として「詐病《さびょう》」を提案した。フィーマはアーリクの鎖骨辺りにすばやく小さな瘻孔《ろうこう》を作りあげ、それを医療ミスによる病状の悪化であるとして病院に訴えた。総合病院は私立ではなかったが、いずれにせよ訴訟沙汰は避けたいと判断したため、アーリクは無事にもう一度入院することができた。

そうして時は過ぎた。治療が効いていたのかどうかはよく分からない――治療していなかった場合のことなど、誰にも分からないのだから。ただ既に、右腕はだらりと下がって動かず、左手もスプーンを口に持っていくのがやっとだった。歩き方も変わった。疲れやすくなった。それから躓くようになった。そして、初めて転んだ。すべてが恐るべき速さで進行していった。翌年の春には、歩くのも困難になっていた。

最後の入院はより困難を伴った。まずアーリクをベルマンの研究所に連れていき、ベルマンが「重病の患者がいる」といって救急車を呼んだ。救急隊員は、患者が搬送途中に死なないという証明を要求した。ベルマンはこの地のそういった形式主義的な慣習をよく知っていたので、事前にすべてを用意していた。救急車に同乗して病院に着くと、幸運にも看護師長はベルマンが古くから知っていたアイルランド人で、いつも不機嫌できつい態度をとるが、中身は天使のような女だった。彼女はアーリクを国立病院のなかで最も評判のいい中国医学系の病院へと搬送するように取り計らってくれた。このおかげで、アーリクは少し元気になった。そこでは通常の治療に加えて鍼と灸の治療を受けることができ、一時的に腕の感覚が戻ってきたような実感さえ得られたのだった……。

今、フィーマとベルマンは粗末なキッチンに腰を下ろし、汚れた食器や、嬉しそうに駆けまわるゴキブリたちに囲まれていた。彼らは既に病気の特定を諦めていた。筋萎縮性側索硬化症か、ウイルス性の幹細胞疾患か、原因不明の悪性腫瘍か……。

ベルマンはなかなかいい男だった。もっとも、どこかゴリラのような雰囲気があったが。がっしりとした広い肩幅、短くてあまり回らない首、長い腕、大きな歯にきゅっと締まった口元。フィーマは無骨な男だったが、明るく澄んだ瞳でなにかを切望するように、ベルマンを見つめていた……。

「フィーマ。もはや何も打つ手はない。酸素吸入が関の山だ」

「呼吸不全がゆっくり進行する可能性がある、かなり苦しいだろう」

フィーマが苦い顔で言った。

「モルヒネでもなんでも、あるものを打て……」

「ああ、そうだな」

フィーマはもごもごと答えた。

彼は、まだ希望を持っていたのだ。賢いベルマンならば、なにか自分が忘れている知識を教えてくれるのではないかと。だがそのような知識など、そもそも存在しなかった。

7

ヴィクトル神父は九時頃に来た。素足にサンダルを履き、ゆったりとしたシャツを明るい色の短いズボンのなかに入れて、手にはアタッシュケースと、なにやら中身のいっぱい詰まったビニール袋を持っている。NYという無邪気な緑色のロゴの入った野球帽は、入り口で脱いで肘の内側にはさんだ。笑顔で挨拶をすると、低い鼻にくしゃっとしわが寄った。

土曜日ということもあり、アトリエには人がたくさんいた。ワレンチーナ、灰色の装丁のドストエフスキーの本を小脇に抱えたジョイカ、イリーナ、マイカ、ファイーナ、リービンとその彼女といったいつものメンバーに加え、ワシントンから来たベギンスカヤ姉妹、アメリカ人画家ルーディ、以前美術イベントで知り合ったアーリクの友人、モスクワに住んでいたという、自己紹介もはっきりとしなかったので誰も名前を覚えていない誰か、オデッサ出身のシムル、キップリングという名の犬（古い知人が数日間預けていったらしい）。

アーリクは寝室から運び出され、体を包むようにいくつもクッションをあてがった安楽椅子に座らされた。それが彼の定位置で、みんなその部屋をうろうろしながら軽く酒を飲み、わいわいと騒ぐのだ。テーブルには持ち寄りの食べ物が並んでいる。暑さで柔らかくなった大きなナッツケーキや、溶けたアイスクリーム。死期の迫った病人の部屋というより、個展のレセプション会場のような雰囲気だ。

ヴィクトル神父は一瞬、呆然としたようだった。だがニーナが素早く近寄り、まだ野球帽の挟まっている肘を摑んでテーブルにつかせた。

「心はァ〜かくも安らぎを求めェ〜」と、シムルが甘い声で歌い、相変わらず窓の下から響いてくるパラグアイの笛や太鼓の音を、少しの間かき消した。

ファイーナは、だらりと力なくひょろ長いアーリク人形を抱きしめていた。この予言的な人形は、かつて誕生日プレゼントにアニカ・クロンがくれたもので、彼女は今ではイスラエルに移住していた。アーリクは人形の声真似をして、

「ワァ、そんなにきつく抱きしめないでくれョ！　うん？　ファイちゃん、正直に言いたまえ、君はニンニクを食べましたネ？」

と喋った。

ヴィクトル神父は微笑んでファイーナの手から人形を受け取り、そのピンク色の腕を揺らして、

「初めまして、どうぞよろしく」

と話しかけた。

みんなが笑い、ヴィクトル神父は人形をファイーナの膝に投げて返した。

ニーナが頷いて合図をすると、シムルは即座に歌うのをやめ、リービンは軽々とアーリクを安楽椅子から起こし、子供を抱えるようにして寝室へと運んだ。

モスクワから来たという女が、驚いたように体を震わせた。実際それは痛ましい光景だった。アーリクが寝ていたり座っていたりする間は、一見わりと普通の、病人とそれを見舞う友人たちという雰囲気だが、ひとたび彼を動かそうとすると、なにか恐ろしいことが起こっているという事実が露呈する。生き生きとした明るい瞳と、死んだ体……。春先にはまだ自力で寝室からアトリエまで歩けた、その体……。

アーリクは寝室に寝かされ、ヴィクトル神父もそちらへ移動した。ニーナはドアの前で少し迷ったが、寝室から出てきてそのままドアに背をもたせかけてぺたりと座り込んだ。意識をぴんと張り、周囲などまったく目に入っていないようだった。ニーナは少し酔っていたが、まだ

どうにか自分を保っていた。

（くだらん、ばかげている）と、アーリクは感じた。（良さそうな人だ、無駄にここへ呼んで悪かったな……）

ヴィクトル神父はベッド脇の長椅子の、アーリクのすぐ傍に腰かけた。

「こういう仕事をしていると、困ることもあってね」と、神父は意外な語り出しで話を始めた。「私と付き合いのある人々、つまり信者の皆さんは、往々にして私が彼らの悩みを解決できるものと信じ込んでいるふしがある。それができないときは、なにか教えにそぐわないからだと決めてかかってしまう。しかし実際まったくそんなことはないんです」

神父は隙っ歯をみせて笑った。アーリクは、この神父が自分の置かれた状況のばかばかしさをよく分かっているのだと悟り、だいぶ気が楽になった。

病気による体の痛みはなかった。ただアーリクは日に日に増す息苦しさと、自分が溶けていくような耐え難い感覚に襲われていた。体重とともに生きた筋肉が減り、生きているという実感が薄れていく。だからこそ、半裸の女たちが朝から晩まで自分をとりまいているのが嬉しかった。それに見ず知らずの誰かに会う機会はもうずいぶん前からなかったので、この片側に剃り残しのある頬髯と西洋風の小さな顎鬚を生やした、緑と茶色のまだらの瞳をした見慣れない顔は、写真のように鮮明に彼の意識に刻まれた。

「ニーナさんにどうしてもと頼み込まれたんです、あなたと話をしてほしいと」神父は続けた。「彼女は、私ならあなたに洗礼を受けさせられる、説得できると、そう思っているのです。それで断り切れなくて」

窓の外のパラグアイ音楽がにわかにガンガンとうるさく鳴り響き、いったんおさまったかと思うとまた大きくなった。アーリクは顔をしかめた。

「おれには信仰心がなくてね」

アーリクは悲しげに言った。

「そんな！　何を言うんですか！」神父は手を大きく振った。「信仰心のない人なんていませんそれはあなたがおそらくロシアで覚えた、心理的トリックのようなものだと思います。いいですか、信仰心のない人など存在しないんです。芸術に従事する人はとりわけそうです。ただ信仰の中身が違う、知能が高い人ほどその形が複雑なだけです。それから頭の良い純潔な方は、概して直接的な議論や粗暴な言い方を好みません。ところが世間には、原始的で俗っぽい宗教解釈が溢れている。それに耐えられないという方が多いのです……」

「よく分かるよ、おれもああいう妻がいるからな」

アーリクが答えた。神父の誠実さや真剣さには好感が持てた。そして（なかなか賢い人のようだ）と、意外に思った。

ニーナがあまりにこの人を神聖で賢明な神父だというので、アーリクはずいぶん前からそれを聞くたびにイライラしていたのだが、今はもうその苛立ちは消えていた。

「ニーナさんは」ヴィクトル神父はドアのほうを指して手をひと振りし、続けた。「いえ、そもそも女の人の大部分は、考えるより先に心が動くのです。愛ゆえに、といってもいいでしょう。女の人というのは、とても素晴らしい存在です、奇跡的で、素晴らしい……」

「ふうん、神父さんも女好きだな、おれと同じだ」

アーリクはからかったつもりだったが、神父には通じなかったようで、

「ええ、たいへんな女好きです。私はほぼすべての女性が好きです」と素直に認めた。「妻はいつも言っていました、もしこの職に就いていなければ、きっとドン・ファンのようになっていたでしょうね、と」

（ずいぶんと俗な神父もいたもんだ）と、アーリクは思った。

神父はその話を掘り下げた。

「女性は素晴らしい存在です、愛のために常にすべてを捧げる覚悟がある。生きることの内容そのものが男性への愛ということもあり得る……。それはすり替えともいうべきものですが、しかしごく稀に、そこにきわめて高尚な変化が起こる場合もあります。私的で貪欲な愛がなにかの機会に変貌を遂げ、日常的なものや世俗的なものを乗り越えて、神聖な愛へと変わる……あれは驚異的です。おたくのニーナさんもまた、その種の人だと私は思うのです。ここへ来てすぐに気付きました、あなたは素晴らしい女性に囲まれている。みなさん表情がじつに良い。誰もあなたを置き去りにはしないでしょう。まるでキリストに香油を塗りに来る女たちのように……」

神父はそう年老いてはおらず、せいぜい五十代前半といったところだったが、彼の言葉は古風で風格があった。

(これは革命後すぐに亡命した世代の孫だな)と、アーリクは見抜いた。

神父の動作にはどこか隙があり、おぼつかない印象を与えた。アーリクはそこにも好感を持った。

「もっと早くに知り合えていれば良かった」

とアーリクは言った。

「ええ、とても良いです」神父はとんちんかんな返事をした。まだ女性の話をした興奮が冷めやらぬ様子だ。「これは論文のテーマになるんじゃないでしょうか、男と女の信仰の違いについて……」

「どっかでフェミニストがもう書いていそうな気もするがな……。そうだ、ヴィクトル神父、ニーナに『マルガリータ』を持ってくるように頼んでくれないか。テキーラは好きかな」

アーリクは訊いた。

「ええ、おそらく……」

神父は自信がなさそうにそう答えると、立ちあがってドアを少し開けた。ドアの前にはまだニーナが座り込んでいて、必死で問いかけるような目で神父を見た。

「アーリクが、マルガリータが欲しいと」という頼みを聞いても、ニーナは一瞬何のことだか分からなかった。「マルガリータを二杯です」と神父は付け足した。

数分後、ニーナは大きめのグラスを二つ持ってきて、わけが分からない、という顔で肩越しに二人を見て出ていった。

「じゃあ、女に乾杯といこうか」と、アーリクはいつもの優しくいたずらっぽい顔で言い、「飲ませてくれるかな」と頼んだ。

「ええ、もちろん」

ヴィクトル神父は立ちあがり、不器用な手つきでアーリクにストローを咥《くわ》えさせた。神父はこれまでの人生で様々な経験を積んできたが、こんなことは初めてだった。死にゆく人の懺悔を聞き、聖餐を与えたことも、洗礼を与えたこともあったが、テキーラを飲ませたことはなかった。

ヴィクトル神父は自分のグラスを床に置き、話を続けた。

「男の信仰心というのは――戦《いくさ》です。ヤコブと天使の夜の格闘を覚えていますか。あれは自分との闘いであり、次の段階への挑戦でしょう。この意味で私は発展論者です。救済というのは、少し功利主義的すぎる考え方だと思いませんか？」

この神父は少し酔ったのかな、とアーリクは思った。神父はまったく飲んでいなかったのだが、アーリクからはグラスが見えなかった。アーリク自身は、胃の中が温かくなったのを感じ、心地よかった。とにかく全身の感覚が薄れていて、なにかを感じていたかった。

「おそらく、サロフのセラフィムが『聖霊の獲得』と言ったときに念頭にあったのも、この信仰心を得る闘いのことであったと思うのです……」

神父は物悲しい顔で口を噤んだ。彼は自分の祖父が担っていたような信仰の使命が自分にはないと、よく分かっていた。

窓の下のラテンアメリカ音楽が、鳴りすぎて疲れたようにふと静かになった。それに伴い街頭の穏やかな賑わいが、気持ちよく響いた。

（おれも弱くなったな……）アーリクは思った。

素朴で勇気のあるこの神父には、なにかアーリクの心を打つものがあった。なぜ「勇気のある」印象を受けるのかは、少し考えてみないと分からなかった。もしかしたら、滑稽に見えることを恐れないせいかもしれない……。

「ニーナが、洗礼を受けてくれと泣いて頼むんだよ。どうやらそこに重大な意味を見出しているらしい。おれにしてみれば空しい、ただの形式に過ぎないが……」

「そんなことをおっしゃらないでください、そんなことはありません。ニーナさんの主張は非常にもっともです。そりゃあ、私が言うのもおかしいかもしれませんが」神父は自分の特権を恥ずかしく思っているのか、困惑して肩をすくめ、「今も、私と貴方のあいだには第三者がいると実感しているのです」と言って一層困惑し、長椅子でもぞもぞと動いた。

アーリクは無性に哀しくなった。彼は第三者の存在などまったく感じなかったし、そもそもそんなものは小噺《こばなし》のネタにしかならない。馬鹿なニーナと素朴な神父が感じ得たものを自分は感じ得ないのが、耐え難くつらかった。彼はその存在の不在をありありと感じた。存在でさえこれほどに強く感じ得ないのではないかと思うほど鮮明に、不在を感じたのである……。

「まあおれは、ニーナのためならそうしたっていいとは思っているよ……」

アーリクは急激な疲労を感じて目を閉じた。

神父はグラスの底についた水滴をズボンで拭って、サイドテーブルに置いた。

「困りましたね、無論、私には断ることなどできません、あなたは重い病気だ……。しかし何かが違うのです。少し考えさせてくれませんか。そうだ、一緒にお祈りをしましょう、できる形でいいから……」

神父は鞄を開けて法衣を出し、普段着のうえに長衣を羽織り肩帯をかけ、ゆっくりとした仕草で袖覆いをつけた。そして祖父から受け継いだ司祭用の重たい十字架にキスをして、首にかけた。

アーリクは目を閉じて横になっていたので、着替えた神父が急に凜々しく歳をとったように変貌したのを、見てはいなかった。神父は壁にかかっている小さく刷りの粗い、色褪せたウラジーミルの生神女《しょうしんじょ》のイコンのほうに向きなおり、髪の薄くなりつつある丸い額を下げて「神よ救いたまえ、救いたまえ」と、心の中で叫ぶように祈った。

こういうとき神父はいつも、幼い頃、サッカーのグラウンドに立っていたときのことを思い出した。それは彼が子供時代を過ごした戦時中のパリ郊外での記憶だ。祖父母が管理していた亡命ロシア人の子供たちのための施設の裏手にある広場で、いちばん幼かった彼はキーパーがいないからという理由でおんぼろゴールの前に立たされて、ボールなどひとつも受け止められないと知りながら、カチカチに固まってその場に立ち尽くし、恥をかく瞬間を、ただひたすら待っていた……。

8

靴墨を塗ったような顎鬚をはやした大柄のリョーヴァ・ゴットリープは、やはり顎鬚のある、背の高い痩せてスタイルの良い男を丁重にエレベーターから降ろし、室内に案内した。その姿はまるで湾曲した鏡に映し出されたリョーヴァ自身のようだった——何もかもよく似ているが、太さだけは彼の四分の一ほどしかない。イリーナは危うくこみ上げてくる笑いで息が詰まりそうになったが、瞬時にそれを押し殺した。リョーヴァはすぐに人混みのなかにイリーナを見つけ、夫婦のような口調で話しかけた。

「安息日明けに電話すると言ってあったのに留守電になっていたじゃないか。事前にここの住所を書き留めておいたからよかったものの……」

イリーナはぴしゃりと自分の額を叩いた。

「あらやだ、安息日が終わるのが土曜の夜だってこと、すっかり忘れてたわ。明日の朝だと思い込んでたの！」

リョーヴァは両腕を広げてお手上げのポーズをとったが、すぐに隣にいるラビのことを思い出した。ラビは真剣で興味深そうな顔をしていた。彼はロシア語をまったく解さなかった。

マイカは大きく切り分けたケーキをのせた紙皿を持ってテーブルの傍に立ち、じっとゴットリープを見つめていた。リョーヴァは猪のようにマイカに突進し、両手でマイカの頭をわしづかみにした。

「おお、子ネズミちゃん！」

ゴットリープはマイカの頭のてっぺんにキスをした。かつて自分の家に住んでいた小さな女の子、彼がおまるに座らせ幼稚園に連れて行き「娘」と呼んでいた女の子は、すっかり大きくなっていた。

（鬱陶しい、厚かましいにも程があるわ）マイカは岩のような手で摑まれた頭を強張らせて考えた。（そりゃあ、子供の頃は会えなくなって寂しかったけど、今さらどうでもいいし。ちょっと頭が足りないんじゃないの、どいつもこいつも）マイカがそのプライドの高い頭を軽く振って抵抗を示すと、リョーヴァはすぐに手を離した。

ラビは正統派のラビらしい服装をしていた——やけに古い型の擦り切れた黒のスーツにシルクの山高帽を被っている。それはボードビルに登場する、役者がみんな順に座っていくような帽子で、曲がった鍔《つば》の下からはユダヤ教徒が生やす長いもみあげが、刈り取り前の畑の麦の穂のように威勢よく飛び出していた。彼は白黒の仮装のような顎鬚の向こうから微笑むと、「グッド・イブニング」と挨拶した。

「レブ・メナシェさんです」と、リョーヴァが紹介した。「イスラエルのご出身で」

ちょうどそのとき寝室のドアが開き、汗をかいて顔を赤くした法衣姿のヴィクトル神父が、瞳を輝かせて出てきた。ニーナは神父に飛びついた。

「ね、どうだった？」

「私がなすべきことはしました。また来ますから……。福音書を読んであげてください」

「読んだわ、もう読んだの。でも私、てっきり今日してくれるのかと思ったのに」

ニーナはがっかりした。彼女は、自分の願いがなんでもすぐに叶えられることに慣れていた。

「彼はマルガリータがもう一杯、欲しいようですよ」

神父は困ったように微笑んだ。

神父を目にしたリョーヴァは、イリーナの手首の上あたりをぎゅっと強く掴んだ。

「どういうことだ、これは。なにかの冗談か？」

イリーナはリョーヴァの目が怒りに燃えているのを見て、リョーヴァ本人より素早く、彼の興奮を感じ取っていた。彼との愛がいちばん熱く燃えあがるのは、最初にこうやって他愛ないことで怒らせたり喧嘩したりした後だった。

「そうじゃないの、リョーヴァチカ」

イリーナは甘く優しく彼の目を見つめた。微笑みをこらえ、すぐにでも彼のズボンの前辺りに手を伸ばしたいという悪戯な衝動を抑えながら。

リョーヴァは恥ずべき性欲を抱えた自分を憎み、顔を赤くしそっぽを向きながら、なおも強い口調で怒った。

「だから私は何度も自分に言い聞かせてきたんだ、おまえとは関わっちゃいかんと。いつもそれこそまるでサーカスのような展開になる！」リョーヴァは怒りで震える顎鬚の奥から唸るような声を出した。

だがこれは嘘だ。リョーヴァはただイリーナに捨てられて酷く傷ついているだけだった。そして常に疲れている妻との義務的な夫婦生活に悩まされ、彼女にイリーナとの歌うような暮らしを求めては、それが得られずに失望していた。

「おまえなんか女じゃない、蕁麻《じんま》疹《しん》だ」

リョーヴァは言い捨てた。

レブ・メナシェは問いかけるようにリョーヴァを見た。レブはロシア語を知らず、亡命ロシア人のことも何も知らなかった。イスラエルにだって亡命ロシア人は溢れていたけれど、彼の住んでいたツファットにはロシア人はおらず、亡命者自体ほとんど住んでいなかった。

彼はいわゆるツァバール（イスラエル生まれのユダヤ人のことで、原義はサボテンの実。見た目はトゲトゲしいが身は甘い。）で、ヘブライ語を母語とした。アラム語、アラビア語、スペイン語に通じ、イスラーム帝国時代のユダヤ・イスラーム文化を研究していた。英語は自在に話せたが、発音にはかなり訛りがあった。そして今彼はロシア語のやわらかい発音に耳を傾け、とても感じのいい言葉だと感じていた。

ニーナは勇ましく二人の顎鬚男の間に割って入り、ラビの両手をしっかり握って、輝く髪を揺らしながらロシア語で話しかけた。

「来てくださって、ありがとう。主人がどうしてもあなたとお話ししたいって」

リョーヴァがそれをヘブライ語に通訳した。レブ・メナシェは顎鬚で頷き、法衣を脱いでいる神父を目で指しながら、リョーヴァに、

「いやはや、アメリカの神父のすばしこさには驚きますな、ユダヤ人がラビを呼んだだけで、先回りして現れるとは」

と言った。ヴィクトル神父は遠くからこの決して仲の良くない宗教の同業者に微笑みかけた。彼は日頃から無節操ともいえるほど分け隔てなく誰にでも好意をもって接した。しかも若い頃に一年以上パレスチナに住んでいたこともあり、この場に相応しい言葉を返せる程度にはヘブライ語が分かった。

「私もここへ呼ばれてきたんですよ」

だがレブ・メナシェは分からなかったのか聞こえなかったのか、表情ひとつ変えなかった。

そうこうするうちワレンチーナが淡い黄色の飲み物の入ったグラスを神父の手に握らせたので、神父はそっと口をつけた。

レブ・メナシェは慣れた仕草で裸の女や男の手足から目を逸らせた。ツファットにいたときに外国人観光客がどやどやと観光バスから溢れ出てきては、神秘主義者やカバラの偉大なる魂が眠る神聖なる彼の街の岩に押し寄せたときと同じように。二十年前に彼は裸体などには目を向けずに生きていこうと決意したが、それを悔やんだことはない。いま十人目の子供をお腹に宿している妻のゲウラは、夫の前で一度たりともここにいる女たちのように恥ずかしげもなく肌を露わにしたことはなかった。

「バルーフ　アタ　アドナイ……」

レブ・メナシェは慣れた口調で、自分をユダヤ人として創造した神への感謝を意味する祈禱の言葉を呟き始めた。

「その前に、なにかお召し上がりになりませんか？」

唐突にニーナが話しかけた。

リョーヴァはとっさに両手で、驚きと感謝と拒絶を同時に表すような仕草をした。


アーリクは目を閉じて横になっていた。瞼の裏では光沢のない黒の背景に、明るい黄緑色の線がリズミカルに跳ねては動きのある複雑な文様を作り出している。アーリクはかつて熱心に伝統的な絨毯の文様の意味を学んだ身でありながら、いま瞼の裏で織りなしている文様の基本形をどうしても割りだせずにいた。

「アーリク、お客さんよ」

ニーナが彼の首を持ちあげ、濡れたタオルで首を拭き胸を撫でた。それから掛けてあったオレンジ色のタオルケットをはがして痩せて平たくなったアーリクの裸体の上でパタパタと仰いだので、レブ・メナシェはアメリカ的な破廉恥にあらためて衝撃を受けた。

どうやらこの人たちは、裸というものが何なのか、まったく分かっていないらしい。彼はそう考えてから、いつもの習慣で、そういったことが最初に書かれたのは一体どこだったのかと考えてみた。

すると「二人とも裸であったが、恥ずかしがりはしなかった」という、創世記《ベレシート》の第二章が思い浮かんだ。いったいこの子供たちはどこにいるつもりなのだろう。なぜ恥ずかしがらないのだろう。彼らは罪深いようには見えず、むしろ無垢そのもののようだ……。我々は聖書を読めなくなったのだろうか、それとも聖書は、別の読み方をする別の誰かのために書かれたものだったのだろうか。

ニーナはアーリクの膝をたてて揃えようとしたが膝はいうことをきかず、ぎこちなくぱたりと倒れた。

「いいよ、放っておいてくれ」

アーリクはまだ目を閉じたまま、文様の尻尾をどうにか見極めようとしながら答えたが、ニーナが彼の膝下にクッションを差し込むと、

「ありがとう、ニーナ、ありがとう」

と言って、ようやく目を開けた。

痩せて背の高い黒衣の人物が、黒く輝く帽子の鍔が左肩につきそうなほど首を横にかしげて、待ち構えていたような表情でアーリクを覗き込んでいた。

「Do you speak English, don't you?」

「I do.」

アーリクは微笑んでニーナに目くばせした。ニーナが部屋を出、リョーヴァも続いて出た。レブ・メナシェはまだ神父のお尻の温もりが残った長椅子に腰掛け、ちょっと迷ってから埃

っぽい帽子をアーリクのベッドの端に置いた。前かがみになると、顎鬚が尖った膝に触れる。靴紐のないくたびれたゴム靴を履いた大きな足が内股に揃えられた。レブは真剣で集中した顔をしている。白髪交じりの髪のてっぺんには、見えないピンで小さな黒いキッパーを留めていた。

「つまりね、おれは死ぬんだ」

アーリクは言った。

レブはこほんと咳をして、組んでいた長い指を動かした。彼は死に対しては特別興味を持っていなかった。

「妻はキリスト教徒で、おれに洗礼を受けさせようとしている、キリスト教徒になれという」

アーリクはそう説明して、口を噤んだ。喋ることは次第に困難になっていた。それにもう、この状況を楽しめるような心境ではなかった。

レブも少しの間黙って、自分の指を撫でていた。しばらくして、

「なぜこのように馬鹿らしいことを考えついたのですか」と訊いたが、どうやら「馬鹿らしいこと」という英語のニュアンスを少し間違えて使ったようだと気づいて、あとから「いえ、不条理なことを」と言いなおした。

「ギリシャ人なら不条理だと言うかもしれんが、ユダヤ人にとっては魅力的な状況じゃないのか」

体はすっかり鈍く麻痺して体とも感じず、ここ数日は顔だけに感覚を保っていたが、それで

もアーリクの頭の回転の良さは、まだ残っていた。

「あなたはどうして、ラビがキリスト教の使徒が書いたものまで把握していなければならないと考えるのですか」

レブ・メナシェは明るく嬉しそうに瞳を輝かせて訊いた。

「ラビが知らないことなどあるのか？」

アーリクが問い返した。

そうして二人は互いの質問に答えないまま、それこそユダヤの小噺のように質問を投げかけ続けた。しかしそれでいて二人は一見するよりずっと深くお互いを理解した。二人には受けた教育にも人生経験にも、何ひとつ接点がなかった。違うものを食べ、違う言語で話し、違う本を読んで生きてきたのだ。二人とも教養のある人間だったが、知識の範囲はほとんど重なる部分がなかった。アーリクはレブ・メナシェが二十年間専門的に学んできたイスラームの思弁的な神学カラームのことも、彼がここ数年ずっと論評してきたサアディア・ガオンのこともまったく知らなかったし、レブ・メナシェのほうはカジミール・マレーヴィチの名もジョルジョ・デ・キリコの名も聞いたことがなかった……。

「それでもう、ラビ以外には誰も相談相手がいなかったんですか」

ユーモアと高慢さを兼ね備えた謙遜を込めて、レブ・メナシェが訊いた。

「ユダヤ人として、死ぬ前にラビと話をしてはいけないのか」

この冗談めかした会話は、しかし表面上よりも深いのだということを二人とも分かっていた。

馬鹿げた質問を繰り返しながら、およそ人間同士の付き合いのなかでもっとも重大なことに――消えない跡を残すような接触に、近づいていた。

「妻が可哀想でね、泣いて頼むから。なあ、どうしたらいいのかな」

アーリクはため息をついた。

レブ・メナシェの顔から微笑みが消えた。ついに彼の出番だ。

「アーィリク！」彼は眉間の汗を拭い、大きな足をもぞもぞと動かした。「アーィリク、私はほとんどイスラエルから出ずに生きてきました。アメリカへは今回初めて来て、今は滞在して三ヶ月目です。驚いています。私は哲学を学んでいます。ユダヤ哲学です。ユダヤ哲学はたいへんに特殊です。ユダヤ人の基本はモーセ五書《トーラー》です。これを学ばない人はユダヤ人ではありません。古くから『囚われの子供たち』という考え方があります。もしユダヤ人の子供たちが囚われの身となってトーラーを失い、ユダヤ的な家庭や教育から引き離されてしまったとしても、その不幸は子供たちの罪によるものではありません。彼ら自身はそのことに気づいてさえいないかもしれない。しかしユダヤ人社会のほうは、その子供たちの身を気にかけてやらなければなりません。たとえその子供たちが既に歳をとっていても。

ここアメリカに来て、私は『囚われの子供たち』だけで成り立っている社会を見ました。幾百万というユダヤ人が、異教徒のもとに囚われています。これはユダヤ人社会にとって未曾有のことです。教義から逸れてしまう者や、無理にキリスト教の洗礼を受けさせられてしまう者は、昔からいました。バビロニア時代だけではありません。しかし私たちが暮らす二十世紀に、囚われの子供たちは本物のユダヤ人の数を上回ってしまったのです。そういう経過をたどっているのです。しかし考えようによっては、そういう経過をたどっていること自体が神の御意向でもあるのです……。私は常にこのことを考えています。これからも長く考え続けるでしょう……。なのに、あなたは『洗礼』などと言う。つまり『囚われの子』から背教者になろうというのです。しかし他の見方をするなら、あなたを背教者と呼ぶことはできません。なぜなら厳密にいえばあなたはユダヤ人でさえないからです。それは背教より悪い……。しかしもうひとつ別の面からも見るなら——私は、そもそもこれまで一度もそのような選択を迫られることなく生きてきたのです」

（そうか、この人も選択することなく生きてきたと言うのか、面白いな……。なぜ、おれには選択肢が与えられたんだろう、それも山のように）と、アーリクは考えた。

「私はユダヤ人として生まれました」レブ・メナシェは長いもみあげを揺らした。「生まれたときからユダヤ人だったし、死ぬまでずっとユダヤ人です。そこに迷いはありません。ところがあなたには選択肢がある。だから、意図して何者にもならないこともできる——私の捉え方でいえば異教徒ですが、そうもできるし、ユダヤ人になることもできる。あなたには血筋というしっかりとした根拠があります。そしてキリスト教徒になることもできる——私の考えでいえばそれは、ユダヤのテーブルからこぼれ落ちた肉片を拾うことです。その肉片が良いものであるか悪いものであるかは、あえて言いません。しかし歴史的に非常に疑わしい調味料をふりかけられてきた肉片なのは確かです……。もっと正直に言うのなら、キリストの犠牲とそれを三位一体のひとつとして捉えることは、異教徒が考え出した思想のなかで最も成功した例ではないでしょうか」

レブ・メナシェは赤い唇を噛み、もう一度アーリクを真剣に見つめて、

「私の意見としては、あなたは『囚われの』身のままでいたほうがいい。ものごとには男が決めるべきことというのもあるのです、女ではなく。他にはなにも言えません……」

と締めくくった。そして座り心地の悪い長椅子から腰を上げた瞬間、彼は不意に立ちくらみを覚え、背の高い体を思い切りアーリクのベッドに屈めて、

「あなたもお疲れでしょう、ゆっくりお休みください……」

と別れを告げ、何かぶつぶつと呟いたが、それはもうアーリクには聞き取れない、知らない言語だった。

「レブ・メナシェ、待ってくれ。最後に一杯やらないか」

と、アーリクは彼を引き留めた。

リービンとルーディがアーリクをアトリエに運び出して安楽椅子に座らせる。だがそれは「座らせる」というより「置く」という感覚に近くなっていた。

（ずいぶん衰弱している）と、ヴィクトル神父は思った。（奇蹟が迫っている。嘆き悲しみ、屋根を破って救世主の元へ届けることが、なぜ我々にはできないのだろう）（ルカによる福音書五章十七―二十六節。）

とりわけ悲しいのは、それがなぜなのか神父には分かっているということだった……。

リョーヴァはすぐにラビを連れて帰ろうとしたが、そこへニーナが来てグラスを差し出した。

リョーヴァはきっぱりと断ったが、ラビになにか言われると、ニーナに、

「ウォッカと紙コップはありますか」

と訊いた。

「ありますけど」

ニーナは不思議そうに答えた。

「ではそれにしてください」

リョーヴァは頼んだ。


通りからは、まるでゴミ捨て場の匂いが漂うように、あの音楽が漂っていた。そのうえひどい暑さだ。ニューヨークの街は夜になっても涼しくなるどころか暑さが増すようで、多くの住人が不眠症に悩まされていた。特にここへ来たばかりの、体が別の気候に慣れている人々はなおさらだ。レブ・メナシェもまたその一人で、彼は夏の暑さそのものには慣れていたが、彼の住んでいたイスラエルでは少なくともここ数年、昼間がいくら暑くとも夜になると気温はすっと下がり、人々は昼間の火照りを夜のうちに冷ますことができた。

ニーナは二つの紙コップにウォッカを入れて持ってくると、顎鬚の二人に渡した。

「すぐに大学まで送ります」

と、リョーヴァはレブに言った。

「いえ、特に急いでいるわけではありませんから」

レブは、共同住宅の暑苦しい小さな部屋で眠れずに何時間もじりじりとしている夜を思い出しながら答えた。

アーリクは安楽椅子にぐったりと体重を預け、周りではみんなが大声で話したり笑ったり酒を飲んだりしている。まるで自分たちだけで盛り上がっているようでありながら実はすべてがアーリクに向けられていて、本人もそれを感じとっていた。なんでもない、普段らしい光景を楽しむ。生涯、色と形の幻影を追い求めてきた狩人は今になって、ふと思う――みんながこうしてまともなテーブルさえなく三脚にぼろ板をつけただけの場所になんということなく集まって、酒と陽気とアトリエの優しい雰囲気でひとつになる以上に素晴らしいことなど、人生になにもないのだ、と。

リョーヴァとレブはガタつく不安定な肘掛椅子に座っていた。アーリクがここで暮らし始めた頃、周囲のゴミ捨て場は宝の山だった。肘掛椅子もチェアもソファーも、全部そこから持ってきた。リョーヴァたちの向かいにはアーリクの描いた巨大な絵が掛けてあった。最後の晩餐の部屋を描いたもので、三連の窓と白いクロスをかけたテーブルがある。だがその部屋には誰もおらず、代わりに置かれた十二個のざくろが描かれていて、ざらついた表皮の質感や、薄紫、深紅、ローズといった繊細な色彩、誇張されたギザギザの冠、実の内部の構造を感じさせるリアルな窪みや弾けそうな粒が、細密に描写されていた。三つの窓の向こうには聖地が横たわっていたが、レオナルド・ダ・ヴィンチが想像したようなものではなく、現在の光景だった。
絵が好きでもなければ詳しくもないレブが、その絵に見入った。まず目に留まったのはざくろの実。古くから、ハヴァ《ィヴ》が魅惑されたのはいったい何の実だったのかという議論がある。林檎かざくろか、はたまた桃か。彼はこの、いわゆる「最後の晩餐の部屋」がどこにあるのかも知っていた。エルサレム旧市街のダヴィデ王の墓の真上だ。

（やはり彼にはユダヤ的な純潔を感じるな）レブは絵を見ながら思い、（人物をざくろに変えたのか。なるほど、哀れなものだ……）と、やるせない気持ちになった。

レブ・メナシェはイスラエル建国の翌日に生まれた正真正銘のイスラエル人だ。祖父はシオニストで、最初期に農業団体《キブツ》を率いた一人だった。父親は軍事組織ハガナーに所属していたし、レブ自身、戦闘の経験も農業の経験もあった。生まれた場所は、エルサレム旧市街の城壁群にほど近いモンテフィオーレの風車小屋の傍で、最初に見た風景として覚えているのは、窓から見たシオン門だった。

突入した戦車の後に続いてその城壁の中に初めて入ったとき、彼は二十歳だった。まだ火と鉄の匂いが漂っていた。旧市街をひたすら歩き回り、アラブ人居住区の複雑な道もキリスト教徒区もアルメニア正教徒区も学び尽くした。イスラエルのキリスト教の聖域は疑わしいものに思えたが、それは大部分のユダヤ教の聖域にも言えることだった。なかでも最後の晩餐の部屋は、最も不信感の募る場所だった。秘密の過越《すぎこし》の晩餐が、偉大なるダヴィデ王の骨の上で行われたとはどうしても思えなかった。もとよりダヴィデ王の墓も、それと信用したわけではなかったが……。この脆い白い岩と揺らぐ光と熱い空気からなる驚くべき空間、これほどまでに彼が愛した空間のすべては、歴史的にも考古学的にもありえない不条理の連続であり、これまで本で読んできたような研ぎ澄まされた叡智、理性を引き上げるような矛盾を含む循環論法の大いなる美しさ等とは、相容れないものだった。

あの地にどれほどの意味があるのか、それをレブ自身が理解したきっかけは、イスラエルを出たことだった。まだ大学を出たての若い頃、彼は哲学を学ぶためにドイツへ留学した。しかし一年間ほど一心不乱に学ぶと、西洋哲学への関心は既に薄らいでいた。モーセ五書をなぞるようにして生きてきたこれまでの人生との隔たりが、あまりにも大きかった。こうしてそう長くはない学問遍歴を終えた彼は、三十代半ばにして伝統的なユダヤ学、いうなれば神学の道を志した。

レブが結婚したのはこの頃だ。相手は従順な女で、結婚前には豊かな赤い巻き毛をすっかり剃り落とした。それからの日々は、時間通り正確に刻まれる生活と、学者であると同時に学徒である者として課せられる頭脳労働との調和を愉しんでいた。

彼の世界は大きく変わった。テレビやラジオや新聞から得ていた情報はすっかり抜けて、そのかわりに新たな糧ができた——用意された食卓《シュルハン・アルーフ》（ユダヤ教法規集。16世紀にヨセフ・カロが編纂。）。その名の通りこれはユダヤ教の精神を学ぼうとする者には最適であると同時に、子供たちのはしゃぐ声も聞こえてくるような「用意された食卓」なのだった。

五年後には最初の著書が出た。サアディア・ガオンによるダニエル書と歴代誌へのそれぞれの解説の相違点を体系的に整理した研究書だった。その二年後にツファットへと越した。

世界は聖書のように単純でありながらタルムードのように複雑だったが、そのすべては調和しており、日々中世の文書と向かい合うことで、目の前の現在に永遠の色彩を与えているようにも感じられた。目下の斜面の向こうにはガリラヤ湖《キネレット》が青く霞んでいる。レブはまさにここで、神の――それは、キリスト教徒にとってみれば異教の神であろうが――深い恩寵を感じたのであった。彼はその使命を授かった幸運を、その地の神聖さを恩恵と感じた――傍目には中東の辺境の薄汚れた国でしかなくとも、彼にとっては紛れもなく世界の中心点であり、ここに比べれば世界中のほかの国々も、その文化や歴史も、この国に付随する解説のようなものだった……。


不意に、その場にいた人々をかき分けて、法衣を脱いだ神父がレブの元へ向かってきた。

「あなたが、ここの大学でユダヤ学を教えるためにイスラエルからいらっしゃったという話を聞いたのですが」

ヴィクトル神父は中学生のような英語で訊ねた。

レブ・メナシェは立ちあがった。彼は神父と話すのは初めてだった。

「ええ、現在はイェシーバー大学で教えています。ユダヤ・イスラーム文化についての講義を担当していて」

「ああ、あそこでは素晴らしい授業をやっているようですね。以前、あの大学で講義が行われているという聖書考古学について書かれた本を読みました」神父は嬉しそうに微笑った。「それで、あなたのユダヤ・イスラームというテーマは、おそらく現代のコンテキストにおいては巧妙な変わり身の術のような感じで捉えられているのでしょうね」

「変わり身の術？」レブは何を言われたのかすぐには分からず、「いえ、あの、私は現代の政治との対応関係には興味がありません、哲学を教えているのです」と、心もとなさそうに答えた。

アーリクはワレンチーナを呼び寄せて、

「おい、あの人たちがちゃんと酔っぱらうように計らってくれ」

と頼んだ。ワレンチーナは赤く火照るぽっちゃりした体の胸元に押しつけるようにして紙コップを三つ運び、リョーヴァの前に置いた。

三人は仲良くウォッカを飲みほすと、その一分後には互いに頭を近づけて、顎鬚を振り、頭を揺らして頷き合い、身振り手振りで話していた。それを見たアーリクは心から満足そうに目で三人を指しながら、リービンに言った。

「おれは今日、見事にサラディン（一一三八―九三。アイユーブ朝の第一代君主。異なる宗教の民に対しても寛容な政策をとったとされる。）役をやってのけたようだな……」

ワレンチーナは目でリービンを探し出し、顎をしゃくってキッチンに呼んだ。直後、彼女はキッチンの隅へリービンを追い詰めて、押し殺した声で、

「私からじゃ彼女には頼みづらいのよ、頼んでくれないかしら」

と囁いた。

「君じゃ駄目だが僕ならいいというのか、ふん」

リービンもまた小声で、不満そうに答えた。

「そんなこと言わないでよ。至急、一ヶ月分だけでも払っとかなきゃいけないんだから」

「つい最近集めたばかりじゃないか」

「最近ったってあれもう一ヶ月前でしょ」ワレンチーナは肩をすくめた。「じゃあなによ、私がみんなより多く払わなきゃいけないの？　先月なんて電話代も払ったけど、市外通話ばかりで高くついてて、明らかにニーナの長電話じゃないの、酔っぱらうとすぐ電話するんだから……」

「ニーナなら払ってたじゃないか、この前」

リービンが思い出したように言った。

「じゃあいいわよ、他の誰かに頼むから……ファイーナかしらね」

リービンは思わず吹きだした。ファイーナはとにかく人にお金を借りまくっていて、この場の誰もが彼女には少なくとも十ドルほどの貸しがあった。もはや、イリーナに頼む以外の道は残されていない。

現状は金欠などという生易しいものではなく、完全な破産だった。近年、発病するまでの数年間も、アーリクの絵はあまり売れていなかった。追い打ちをかけるように病気が悪化し、もはや絵を描くことも画廊を回って売り込みに行くこともできなくなった今、収入はゼロというよりマイナスだ。借金ばかりが嵩んでいく――家賃や電話代といった払わなければいけないお金も、医療費という永久に払わないであろうお金も。

お金といえば、もう何年も続いている頭の痛い問題もあった。かつてアーリクの個展を開いたワシントンの画廊主二人が、そのときに展示した十二作の絵をまだ返却していなかった。この件に関してはアーリクにも落ち度があった。契約書に定められていた通りに最終日に自ら出向いて作品を回収していれば、そんなことにはならなかった。だがアーリクはその個展で絵が三枚売れたと聞いて喜んで、早々とお祝いに借金をしてニーナと一緒にジャマイカ旅行に行ってしまったため最終日には間に合わず、おまけに帰ってもすぐには取りに行かなかった。ところが売れたはずの絵の小切手が届かないのでようやくおかしいと思ってワシントンに電話をすると、それらの絵は返品された、そもそも引き取りにも来ないし画廊に置き場所もないので絵を保管所に預けなければならなかったと告げられた。だがそれは真っ赤な嘘だった。

アーリクがイリーナに助けを求めると、そこでもう一つの事実が浮上してきた。アーリクは契約書にサインした際、その写しを貰い忘れていた。相手はそこにつけこんで非常に強気な態度に出るようになっており、そうなってしまうとイリーナも手が出なかった。彼女の唯一の切り札は、個展開催時のチラシとアーリクの手元にある自作品の模写だった。その作品はちょうど、一度は「売れた」と知らされた絵だった。イリーナは彼らを相手に訴訟を起こし、そのごたごたが続いている間に無理をして自腹でアーリクに五千ドルの小切手を渡した。勝ったわよ、と告げて。実際、イリーナはもはやそのお金を取り戻そうなどという希望は失っていた。

それは去年の冬の初めだった。イリーナが小切手を持ってくると、アーリクは大喜びして、「ありがとう、本当にありがとう、これで溜まった家賃を払えるし、ようやくニーナに毛皮のコートを買ってやれる」

と言った。怒りが込み上げた。毛皮のコートのために血と涙の結晶をあげたわけじゃない。しかしどうすることもできず、結局そのお金の半分はコート代に消えた。アーリクとニーナはそういう生活をしていた。安物は嫌いだった。

（どこのボヘミアンよ、まったく）イリーナは歯ぎしりして考えた。（生活の苦労ってものを知らないのね……）

そして煮えたぎる怒りをため息とともに吐き出して、決意を固めた。援助は、これからもするだろう。でも少額ずつ、さしあたっての生活にどうしても必要な分だけだ。そもそも彼女だってシングルマザーなのだし、彼らが思うほどの金持ちではない。ましてお金を稼ぐためにどれだけの努力をしてきたかという話は、措いておくにしても、だ……。


リービンがイリーナに近づいたとき、彼女は既に請求書のリストを眺めていた。小さかったはずの額は、まるで小さかった子供たちのように、気づかないうちにどんどん大きくなっていく……。

9

顎鬚の男たちは外へ出た。リョーヴァ・ゴットリーブは自分が酔っているとは少しも感じなかったが、車をどこへ駐めたのかは全く覚えていなかった。自分の車があるはずだと思っていた場所には、見覚えのない後部の長いポンティアック車があった。

「持ってかれたか、持ってかれたのか！」

ヴィクトル神父が子供のように、まったく悪意のない声をあげて笑った。

「いや、ここは駐めてもいい場所だろう、どうして持ってかれなきゃならんのだ」リョーヴァは腹をたてた。「ちょっと待っていてくれ、そこの角の向こうも見てくる」

レブ・メナシェは自分がどんな車で送られようと、まったくどうでもよかった。それよりも、野球帽を被ったおかしな神父が喋っていることのほうがよほど気になった。

「先ほどの続きですがね」と、ヴィクトル神父は珍しい相手と意見を分かち合おうと急ぐように言った。「最初の試みとしては、おそらくうまくいったのだと思います。ディアスポラが世界全体のために果たした功績は非常に大きかった。もちろん、あなたがたはその残りを彼の地に集めたのでしょう。しかしどれほど多くのユダヤ人が世界に分散し、他と同化してきたか、彼らがどれほど世界中の国々の学問や芸術といった分野で活躍してきたか。私は、ある意味ユダヤ人好きといえるかもしれません。もっとも、まっとうなキリスト教徒であれば選ばれた民族であるユダヤ人に敬意を示すのは当然でもあります。だからこそ、ユダヤ人がその高潔な血を世界中のあらゆる文化や民族の兄弟と分かち合っていることは、たいへん重要であると思うのです。このようなことは世界各地で起こっているのです。ロシアの人々も強制収容所の国家を脱出してきていますし、中国の人々もそうです。よく御覧になっていれば分かると思いますが、アメリカ在住の若き中国人のなかには超一流の数学者や素晴らしい音楽家がいます、このまま進めばいいのです、混血は進むべきです。私の言っていることがお分かりになるでしょうか。まったく新しい民族が生まれつつあるのです！」

レブにはこの神父の主張がよく分かるような気もしたが、意見としてはまったく同意できず、軽く唇を嚙んでいた。

（飲んだのは三杯だったか、四杯だったかな……）彼は思い出そうとした。しかし何杯だろうと、飲みすぎたのは確かだった。

「新しい時代が来るんです、ユダヤ人もギリシャ人もなく、本当に、本当の意味での……」

神父は嬉しそうに続けたがレブがそれを止め、脅すように指を立てて、

「やはり結局あなたにとって大事なのは、ユダヤ人がいなくなるという、そのことなのではないでしょうか……」

と話し始めたが、そこへリョーヴァが車に乗って戻ってきてドアを開けてラビを乗せると、はなはだ失礼な形で神父をひとり道端に置いてきぼりにして走り去ってしまった。残された神父はひどく落胆し、

「ずいぶん曲解されてしまったな。そんなつもりは毛頭なかったのだが……」
と呟いた。

10

みんなが帰ったわけではなかったが、なんとなく散り散りになっていた。絨毯で眠っている人もいる。ニーナも絨毯で寝ていた。今晩アーリクの傍にいるのはワレンチーナだ。アーリクは人々がいなくなるとすぐ眠りについたので、彼女は彼の足元に腰を下ろした。寝たっていいのだが、あいにく眠気は訪れる気配がない。しばらく前からワレンチーナはアルコールの摂取による不思議な副作用を感じていた――眠れなくなるのだ。

ワレンチーナがアメリカへ来たのは、一九八一年の十一月。当時彼女は二十八歳、身長一六五センチ、体重八五キロ。それが何ポンドに値するのかはまだ知らなかった。ウール刺繍のついた黒い手作りのフツル風の上着を着て、チェックの布張り鞄には、審査を通っておらず役にも立たない論文や、十九世紀末のヴォログダの田舎娘が着るような晴れ着一式や、持ち込んではいけないはずのアントーノフ種のりんごが三つ、詰めこまれていた。かぐわしい香りが、やわな鞄を突き抜けて漂っていた。それはアメリカ人の夫にあげるはずのりんごだったが、どういうわけか彼は迎えに来なかった。

その一週間前、ニューヨーク行きのチケットを手に入れたワレンチーナは、夫に電話して来ることを告げてあった。電話口では喜んでくれて、迎えに来ると言っていたはずだ。亡命のためにした形式的な結婚だったが、友情の絆は本物だった。かつてミッキーは一年間ソ連に滞在し、一九三〇年代のソヴィエト映画について調査をしていた。恋をして、その小悪魔のような相手に振り回され金を巻きあげられたあげく、嫉妬に狂わされ、精神をぼろぼろにされていた。

ワレンチーナとミッキーが知り合ったのは当時流行していた文献学サークルで、ワレンチーナは彼を家に招き、鎮静効果のあるバレリアンのハーブティーを飲ませてペリメニを食べさせ、最終的には彼が実は同性愛者で自分ではどうすることもできないのだという胸が締めつけられるような告白を聞くことになった。背の高く華奢な体つきのミッキーは涙を流して嘆きながらも、自分の心理状態を分析するような考察を交えて話した。ワレンチーナは彼の数奇な運命に驚きつつも親身になって彼の話を聞き、二時間にわたる独白が少し途切れたタイミングを見計らって、素朴な質問をした。

「じゃあ女の人とは一度も、ないの……?」

するとそちらにも実はただならぬ事情があって、昔、十七歳の従姉がひと月半ほど泊まりに来たときに当時まだ十四歳だったミッキーにいたずらをし、純潔を奪われたという感覚と贖《あがな》えない罪を犯したという意識を彼の心に刻みつけて、コネティカット州の家へ戻ってしまったことがあったという。

その話があまりにも小説のようによくできていたので、ミッキーが長々と感傷的かつ事細かに一部始終を話し終えるころにはワレンチーナは疲れてしまい、彼の細い両手をそっと自分の豊かな胸の先端に持っていくと、わけもなく彼の体をものにしてしまった。彼自身も、充分に満足していた。

それはワレンチーナとミッキーにとって一度きりの出来事だったが、それ以降二人は急激に仲の良い友人になっていった。

ワレンチーナ自身も傷を抱えていた。愛していた人に、ひどく悪質な振られかたをしたのだ。その人は有名な反体制活動家で投獄された経験もあり、仲間内では英雄視され、きわめて誠実で気概のある男だと思われていた。しかしそれは頭脳的な面でのみの話で、あたかも上半身と下半身が別の人間だとでもいうように女にはだらしがなく、貪欲で誰とでも関係を持つうえに利用できる女は最大限に利用した。だから出国が決まったときには何人もの反体制派の美人が泣いたし、婚外子も二、三人いて、その子供たちはそれぞれ、ハンサムで立派な志を持った父親の伝説を聞かされて育つ運命を背負わされていた。

最終的に、彼は美人で金持ちのイタリア人女性と結婚して国外へ脱出し、ワレンチーナは秘密警察にマークされ、学位論文が通る見込みもない身となって取り残されたのである。

そういう状況を知って、心の広いミッキーは彼女に形式的な結婚を申し込んだ。二人は本当に結婚し、外聞上のつじつま合わせのためにワレンチーナの実家のあるカルーガで挙式までした。実家の母もそれを機に絶縁していた娘を赦したが、ミッキーのことは頼りがいのないヤサ男だといって気に入らなかった。ただしアメリカのパスポートは彼女にとっても魅力的だった――ずっと掃除婦として印刷所で働き続けていた母の周りでは誰一人、娘をアメリカに嫁にやった者はなかった。

ワレンチーナはケネディ空港で二時間ほど待った後、夫の家に電話をかけてみたが、誰も出なかった。そこで手元にあった、まだ彼がロシアに滞在していた頃にもらった住所に行ってみることにした。数人の親切なアメリカ人に行き方を訊ねたところ、その家はニューヨーク市内ではなく郊外にあることが分かった。ワレンチーナの専門はスラヴ文献学だったので、英語はどうにか話せる程度だ。かなり苦労をしながら、彼女はどうにか目的の住所に辿り着いた。

だがこのときは身の回りのあまりの現実感の無さゆえに、普通なら感じるような不安や心配などは吹っ飛んでしまっていた。これから何が起きようと、未来は過去より素晴らしいだろうと思えた。過去はあまりにも暗い。ワレンチーナは軽やかな足どりでバスに乗った。なぜかお金を払う場所がなかったので不思議に思ったが、こういう場合に「フリー」という言葉がなにを意味するのかが、瞬時には分からなかった。ようやくそのバスが無料だと知ると、喜んだ。所持金は五十ドルだったが、それだけあれば無責任な夫のもとに辿り着くことはできるだろうという確信はあった。

そんな小さな冒険を繰り返し、忘れられない旅の思い出を残しながら、ワレンチーナは陽の沈む頃にタリータウン駅のホームに降り立ち、夕暮れの空気を吸い込んでホームの黄色いベンチに腰掛けた。彼女は丸一日半以上眠っていなかったので、周囲がなにもかも軽く揺らいでいるような気がし、頭は不安定な無重力空間を漂うようにふらふらとした。

十分ほどそこに座ってから、彼女はボロ鞄を手にして立ちあがり、車で埋め尽くされた小さな広場に出た。ちょうど車の鍵を開けようとしていた青年をつかまえて、この住所までどうやって行ったらいいのかと訊くと、彼は何も言わずに助手席のドアを開け、ワレンチーナを目的地まで運んでくれた。それは高台に建つ二階建ての小綺麗な家で、よく手入れされた生垣に囲まれていた。夕闇が迫っていた。彼女は白くて軽い板張りの門扉の前で、立ちどまった。

ミッキーの母レイチェルは、今朝がた不思議な夢を見て以来、ずっとそわそわしていた。夢のなかでは庭に、実際には無い白い東屋《あずまや》があり、そこにふっくらとした幼い女の子がいて、その子がなにか大切な、とても嬉しいことを言っていた。女の子は本当に小さくて、普通ならまだ喋れないような年齢に見えた。けれどもその子が何を言っていたのか、レイチェルはどうしても思い出せなかった。

昼になり、少し休もうと横になったときも、レイチェルは朝のことを思い出し、東屋やふっくらとした女児がもういちど夢に現れて、朝の夢では伝えきれなかった大切なことを言ってはくれないだろうかと考えた。しかし女の子はもう現れなかったし、そう期待するまでもなく、彼女は昼寝のときに夢を見ることはなかった。

いま、レイチェルは少しふらつきながら門扉に向かっていた。そうしてずいぶん前から不眠症に悩まされ目の周りにクマのある素朴な顔立ちのユダヤ人の彼女は、粗末な鞄を持って門の向こうに立っている女をじっと見つめた。

「こんにちは、ミッキーはいらっしゃいますか？」

と、女は訊いた。

「ミッキー？」レイチェルは驚いた。「あの子ならここじゃなく、ニューヨーク市内に住んでるわ、でも、昨日カリフォルニアに発ったばかりだけど……」

ワレンチーナは鞄を地面に置いた。

「どうしたのかな……。迎えに来てくれるって約束したのに、来なかったんです」

「あら、ミッキーのお知り合いなのね」レイチェルは手を一振りした。「どちらからいらしたの」

「モスクワです」

ワレンチーナは白い門扉の向こうに立っていた。それを見て、レイチェルはふと思い当たった。ああ、夢のなかで白い東屋だと思ったのは東屋ではなくこの門扉で、あのふっくらした女の子はこの娘さんなんだ、やっぱりふっくらしてる……と。

「あらまあ！　うちの両親はワルシャワ出身なのよ！」まるでモスクワとワルシャワが隣町だとでもいうように、レイチェルは大声をあげた。「さあさあ、中へ入って」

数分後、ワレンチーナは客間のローテーブルの前に座り、窓の外の下り斜面になった庭を見つめていた。窓から見える木々はみんなワレンチーナのほうを向いて、迫る闇のなかから明かりの灯った眩しい窓を覗き込んでいるようだった。

ローテーブルの上には艶消し加工の薄い陶器のカップが二つ置いてあった。紙でできているんじゃないかと思うほど軽い。それから、どっしりとした素焼きのティーポットに、海藻みたいなビスケット。ナッツは三角錐状で、薄い表皮がついている。レイチェルは自分のお腹に両手をのせるという、ワレンチーナの母も良くやっていた田舎っぽい座りかたをし、緑色のシルクのターバンをつけた頭を傾けて、温かい目でじっとワレンチーナを見つめていた。驚いたことにそのお嬢さんはポーランド語を話せるというので、二人はポーランド語で話した。それがまた、レイチェルにとっては格別に嬉しかった。

「観光で来たの、それとも仕事？」

レイチェルは肝心なことを訊いた。

「もう帰らないつもりで来ました。ミッキーが迎えに来て、仕事のあてを探してくれるはずだったんです」

ワレンチーナはため息をついた。

「ミッキーとは、あの子がモスクワに行ったときに知り合ったの？」

レイチェルは頭を反対側に傾け（こうして肩に頭を預けるように傾けるのは、レイチェルの可笑しな癖だった）、訊いた。

ワレンチーナは少し考えた。いろいろ気を使って嘘をつきながらポーランド語で当たり障りのない回答をするには、彼女は疲れすぎていた。

「あの、実は、私とミッキーは、結婚したんです……」

レイチェルの顔がぱっと赤くなった。彼女はすぐさま客間を出て、家じゅうに響く大声で叫んだ。

「デヴィッド！　デヴィッド！　来てちょうだい、早く！」

デヴィッドというのはレイチェルの夫で、ミッキーによく似た背の高く痩せた男だった。赤い部屋着のシャツを着て頭にはキッパーを被り、階段の上で立ち止まる。手にはやけに太い万年筆を持っている。

「いったい、なにごとだ」と、声には出さなかったが、全身で言っているようだった。

ミッキーの両親は、とてもいい夫婦だった。お互いに、相手のなかに自分に足りない長所を見つけ出し、見つけるたびに喜んで教え合うような二人だ。そして六十も近くなり、夫婦としても人間としても親しくなれる最大限のところまで親しくなって、これから長く続くであろう幸せな老後生活の準備をしていた数年前、恐るべき事実が発覚した——自分たちの息子が自然の性を否定して、レイチェルが悍《おぞ》ましさのあまりとても言葉にできないような、背徳行為に身を委ねているというのだ。

「私たちは幸せだった。きっと幸せすぎたのね」と、レイチェルは眠れない夜に広々とした豪華なベッドの上で嘆いた。息子の身に降りかかった恐ろしい事実を知ってから、ベッドの上でも夫とはまったく触れ合わない日々が続いていた。「神様どうか、あの子を普通の人々の元へお戻しください」

レイチェルはユダヤ人の家に生まれたが、戦火とガス室の危険から修道女によって助けられ、占領下での三年ほどの年月を修道院で過ごした経験があり、極端に精神的に追い詰められた状

況になるとつい、彼女が信じてはいけないけれども信じている例の、別の神様の聖母に、

「聖母さま《マトカ・ボスカ》、お願い、どうかあの子を……」

と、祈ってしまうのだった。

最近の啓蒙的な本を読むと、易しい言葉で、彼女の息子の身に起きているのはなにも特別なことではなく、倫理的配慮の整った現代社会は息子のような人間に対してもきちんと正当な権利を認めてくれるから大丈夫だと書かれていたが、レイチェルの古風な心には慰めにもならなかった。

いま、二階から降りてきた夫は、妻の紅潮した幸せそうな顔を見つめ、いったいどんな嬉しい知らせが舞い込んできたのだろうとあれこれ考えていた。

その嬉しい知らせは悲しいことにすぐ「形式的」なものだったと判明するのだが——ともかくもその張本人であるワレンチーナは今、自然に閉じてゆく瞼を必死でこじ開けながら、客間に座っていた。こうして、彼女のアメリカ生活は幕を開けたのである……。

アーリクが目を覚ました気配がして、ワレンチーナはさっと傍に寄った。

「どうしたの、アーリク」

「喉が渇いた」

ワレンチーナがアーリクの口元にカップを持っていくと、アーリクは少し口をつけ、咳き込んだ。

ワレンチーナは彼の体をさすり、背中をとんとんと叩いた。そして上体を少し起こして、その軽さに驚く――本当に、アニカ・クロンが作ってくれた人形にそっくりになってしまった。

「待って、ストローのほうがいいわね」

アーリクはもう一度水を口に含むと、また咳き込んだ。こういうことは以前にもあった。ワレンチーナはまた彼の背中をさすり、叩く。そしてまたストローを咥えさせたが咳き込み、今度はなかなか止まらなくなってしまった。ワレンチーナはガーゼに水を含ませて口元にあてた。唇は乾き、細かいヒビが入っていた。

「リップを塗ったほうがいいかも」

彼女は言った。

「やめてくれ、唇がテカテカするのは大嫌いだ。それより指をくれ」

ワレンチーナが乾いた唇の間に自分の指を押しあてると、アーリクは舌でそれに触れ、なぞる。それは今の彼に残された唯一の、相手に触れる方法だった。これが、二人が愛し合う最後の夜になるだろう。二人とも、そう感じた。アーリクはごく小さな声で言った。

「死ぬまで浮気男だったなぁ……」

あの頃、ワレンチーナはたいへんな生活をしていて、普段はアルバイトが終わると、そこから直接大学へ通っていた。しかしその日は大家に呼ばれて、いったん家に戻った。鍵がうまく開かないとかどうとかで至急鍵を持ってきてほしいという話だった。彼女は大家に鍵を渡したが、その鍵でも入り口の扉は開かなかった。ワレンチーナは壊れた鍵と格闘している大家をひとまずその場に残して大学へ行こうとしたが、その途中で道の角にあるユダヤ系の店、カッツ・デリカテッセンに寄った。この店は値段も安めだし、ビーフとターキーのパストラミが挟まったサンドイッチは絶品だ。カウンターの内部では、この人たちを丸焼きにしてもいいんじゃないかと思ってしまうような体格のいい店員たちが、現地訛りのある英語で喋りながら、大きなナイフで薫り高い肉を豪快にスライスしていく。店内は混んでいて、カウンターの前には数人が並んでいた。ワレンチーナのすぐ前に背を向けて立っていた赤毛の髪をゴムで結んだ男が、親しそうに店員に話しかけた。

「おいミーシャ、おれはもう十年もここに通ってるが、お前は十年前に比べると二倍くらいの太さになったのに、ここのサンドイッチがどんどん痩せて二分の一くらいになったのは、いったいどういうわけだ」

素手で手際よく作業をしながら、店員は後ろのワレンチーナにウインクをした。

「まどろっこしい文句だなあ、ねえ、そう思いますよね」

男は振り返ってワレンチーナを見ると、そばかすだらけの顔で笑い、

「いや、まどろっこしい文句とはなんだ。そんなんじゃない、人生の大いなる謎さ」

と、楽しげに赤毛の口髭を尖らせた。

ミーシャと呼ばれた店員は、フォークにきゅうりのピクルスをひとつ、ふたつと刺し、紙皿に置いたボリュームたっぷりのサンドイッチの横に添え、

「おまえ用のスペシャルピクルスだ、アーリク」と言うと、今度はワレンチーナに向かって「この男、自分では画家だとか言ってるけど、ほんとは社会主義国の手先で公共財産横領の取り締まりをやってんだよ。パストラミサンドでいいか？」と訊いた。

ワレンチーナが頷くと、ミーシャのナイフが小刻みに動いた。赤毛の男はいちばん近いテーブルに着いた。隣はちょうどもう一人分空いていて、男はワレンチーナの手からトレイをとるとその席に置き、足で椅子を動かした。

ワレンチーナは黙ってそこに座った。

「モスクワから来たのか」

彼女は頷いた。

「いつだ」

「一ヶ月半くらい前」

「なるほどね、確かにまだ慣れてない感じがするな」彼の目はまっすぐで優しかった。「で、何をしてるんだ」

「ベビーシッターしながら、大学に通ってる」

「偉いな」彼は率直に褒めた。「すぐに適応できたってことか」

ワレンチーナはサンドイッチをぱかっと開いて半分に分けた。

「うわっ、なんだおまえ、なにやってるんだ！　そんな食べ方をするやつがあるか。アメリカ人が見て不審に思うぞ。いいか、これは決まりだ――口を大きく開けて、ケチャップが垂れないように注意しながら食べろ」そう言うと彼は、サンドイッチからはみ出していた中身を器用に食べた。「アメリカの生活ってのは単純で、決まりはそんなに多くはないが、最低限守らなきゃならないこともある」

「例えば？」

ワレンチーナは言われたとおりに、一度は開いたサンドイッチをもう一度ひとつにして、訊いた。

「例えば今のサンドイッチだ。これがまずひとつ。二つめの決まりは——笑顔だ」

そう言って、彼はサンドイッチがいっぱいに詰まった口で微笑んだ。

「じゃあ三番目は？」

「おまえ、名前は」

「ワレンチーナ」

「そうか」彼はふむ、と唸って「ワーリェチカ……」と続けたが、

「ワレンチーナ」

と訂正されてしまった。彼女は小さいころから愛称で呼ばれるのが大嫌いだった。

「ワレンチーナ、おれとおまえはそう親しい間柄というわけじゃないが、特別に教えてやろう。アメリカにおけるニュートンの第二法則は、笑顔だ。いつも微笑みを忘れずに、ただし油断は大敵、火がぼうぼう……」

ワレンチーナは笑い、ケチャップがマフラーに垂れた。

「うん、それで三番目は？」

アーリクはワレンチーナのマフラーについたケチャップを拭いた。

「まずは、最初の二つをマスターしなきゃな。ここのサンドイッチはアメリカ随一、ベスト・イン・アメリカだ。これは間違いない。この店は、もう百年もここでやっているんだよ。エドガー・ポーもオー・ヘンリーもジャック・ロンドンもここへ来て、小銭を払ってサンドイッチを食べた。まあアメリカ人は今言った作家なんか、知りもしないんだけどね。エドガー・ポーくらいは学校で習うか。ただここの店主だって、もしその作家のうちの誰か一人の作品でも読んでいれば絶対に肖像画を飾ったはずだ。それがここアメリカの貧しさってやつさ。サンドイッチはおいしいのに、そういう文化がちょっと足りない。もっとも初代カッツ、おれが言いたいのはアダム・カッツのことじゃなくここの主人の話だが、とにかく初代店主の孫はハーバードを出ているし、曾孫はソルボンヌに学んでいて一九六八年の革命にも参加したはずなんだけどね……」

ワレンチーナは六八年の革命というのが何のことなのか見当もつかないのに恥ずかしくて訊けずにいたが、アーリクはそれには気づかずにサンドイッチを置いて、続けた。

「この樽漬けのピクルスも、この店ならではの味だな、自家製だ。正直、おれはもっと外側がパリッと硬くて中から汁が滴るようなのが好きなんだが、これはこれで悪くない。少なくとも、酢を使わずに発酵させて作っているし……。この街はいいところだ。なんでもある。都市のなかの都市、バベルの塔だ。それが崩れずにいる、いや、崩れないどころか堂々と建っている！」

彼はワレンチーナにというより、ここにいない誰かと討論するように語った。

「だけど汚いし暗いし、それに、黒人もいっぱいいて……」

ワレンチーナは控えめな口調で言った。

「おまえ、ロシアから来たのにアメリカを汚いと思うのか？　よく言うよ！　それに黒人——黒人はニューヨークを飾る最良の人たちだ。音楽は聴かないのか？　音楽なしのアメリカなんてアメリカじゃない。ブラックミュージックをなんだと思ってるんだ！」アーリクは怒って機嫌を悪くした。「あのなあ、まだそういうことについて何も分かっていないなら、せめて黙っておけ」

二人は食事を終え、外へ出た。出口のところでアーリクは、

「行き先は」

と訊いた。

「ワシントン・スクエア。これから授業なの」

「英語はとってるか？」

「Advanced.」

ワレンチーナは頷いた。

「送るよ。うちもそっちだ、わりと近い。アスター・プレイスに出て、そこからこう曲がると」アーリクは身振りで説明した。「アメリカンパンクの巣窟のような場所がある。みんなブ

ラックレザーを着てる、ヘビメタの連中だ。イギリスの奴らとはまったく違う。音楽も独特でね。そこの広場の近くには古くからのウクライナ人街があるが、まあそこは特に面白いものはないかな。ああ、あそこにいいアイリッシュパブがあったな。かなり本格的でね、女は入れない……いや、最近は入れるようになったんだ。でも女性用トイレはなくて、男性用小便器しかない。ここは街じゃなく巨大なパフォーマンス会場みたいな場所だ。おれはもういったい何年、目を離せずにいるだろう……」

二人はバワリー通りを歩いていた。アーリクは、その辺りによくあるような小汚く冴えない店の前で立ち止まった。

「ここがCBGBだ。世界の音楽シーンでいちばん重要な場所さ。百年後には音楽研究家がここへきて、壁の石灰の欠片を持って帰って金の箱に入れて保管するだろう。ここから新しい文化が生まれている——おれは真剣に言ってるんだ。ニッティング・ファクトリーもだ。ここのライブハウスに出てるやつらは天才だよ、毎晩、天才が出てるんだ」

傷だらけのドアから、淡いピンクのコートを着た線の細い黒人の青年が出てきた。アーリクは彼に挨拶した。

「噂をすればだ！　今のはブービーといって、フルート奏者だ。神様と共演するような音色を出すんだ。ちょうど、彼のライブのチケットを買ったばかりでね。今はそのライブのためにニューヨークへ来てるんだろうな。うちの妻はああいう音楽は好きじゃないと言って行きたがらないけどね。そうだ、よかったら一緒に行くか」

「日曜しか空いてないの」ワレンチーナは答えた。「平日はいつも、朝八時から夜十一時まで埋まってる」

「ずいぶん忙しいね」

アーリクは苦笑いした。

「なんか、そうなっちゃって。朝九時までにはアルバイト先に着いて、夕方六時までは仕事でしょ。そのあと七時から授業。大学は一日おきだけど、ない日は大家さんの孫を預かってる。十一時には終わって、帰って十二時には寝るんだけど、三時には目が覚めちゃって。アメリカに来てからずっと不眠症で、どうしようもないの。三時になると起きあがり小法師みたいにむくっと起きて、それっきり。もう少し遅くに寝てみてもダメで、三時以降は眠れない」

「そうか、その時間じゃ確かにライブはやってないな。でもここには朝まで楽しめる場所がいくらでもある。べつに遊び始めるのが三時だって、いいんじゃないか」

この頃ニーナは完全にアルコール依存症になっていて、彼女に必要なものはそう多くなかった——量はロシア式に、一日あたりウォッカのボトルを半分。それをアメリカのジュースで割って飲む。そして夜一時には倒れるように眠りにつく。ソファーで眠るニーナを、アーリクが抱えて寝室まで運び、数時間の添い寝をする。アーリクは元々いわばナポレオン式に、短い睡眠時間しかとらなかった。

アーリクとワレンチーナは、午前三時から八時までのデートを繰り返した。といってもすぐにそうなったわけではない。アーリクが彼女の住む天井の低い半地下の部屋——アメリカ風に言えばベースメントに最初に足を踏み入れたのは、二人が出会って二ヶ月以上経ってからのことだった。部屋は、ワレンチーナがレイチェルに頼み、特に苦労もなくレイチェルの友人から借りたものだった。

アーリクは週に二回ほど、午前三時過ぎにワレンチーナのアパートに来るようになった。彼が薄明かりの灯った窓辺に屈んで口笛を鳴らすと、十分後にはワレンチーナが飛び出してくる。元気いっぱいに顔を火照らせて、黒いフツル風の上着を着て。そして二人は、普通の亡命者は知らないようなナイトスポットに繰り出していく。

あるとき、その年いちばんの厳しい冷え込みを記録していた一月の晩、降り積もった雪が一週間ほど解けずに残っていたその日、二人は魚市場に行った。ウォール街から数歩のその場所に、信じられないような賑わいがあった。港には、大げさな言い方ではなく本当に世界中の船が集まり、漁師たちがまだ生きた魚、もしくはそのとき見たように半冷凍の魚を、カートに入れたり背負ったりカゴに入れたりして運んでいる。壁にあった大きな扉が突然開き、大型倉庫のような場内が、一気に海の彩りで溢れていく。

背の高い二人の男が、丸太を運んでいる——と思ったらそれは、銀に光る体にうっすらと白い氷の膜を纏ったマグロだ。ごく普通の、雑種犬のようにありふれた魚も並んでいたけれど、それに気づきもしないほど、売り場は目を奪うような海の奇跡で埋め尽くされていた。巨大な口にゾッとするような目、はさみ、吸盤がついたような怪物や、中に小さく瑞々しい身を秘めたとてつもなく幻想的な形の貝の数々、にゅるっとした蛇のような体に、思わず人魚姫を思い浮かべるほど愛らしい顔をした生き物、姿があまりにも中間的で動物なのか植物なのか分からないもの、蔦状に渦巻き幾重にも重なる、生き生きとした海藻。なにもかもが白い灯に照らされて、青に、赤に、緑に、ピンクに輝く。まだぴちぴちと動いているものも、もう動かないものも。

通路にはいくつかのドラム缶が置いてあり、火が焚かれていて、人々は時折そのドラム缶の周りに集まっては凍えた体を温めていた。人々もまた、彼らが運んできて市場に並べている商品と同じくらい個性豊かだ。亜麻色の顎鬚を霜で真っ白にしたノルウェー人、口髭を生やした中国人、古代人のようにエキゾチックな顔をした島国の人。

その間を縫うようにして、安値に惹かれてニューヨークやニュージャージーの全域から集まった卸問屋の目利きたちがひしめき合い、専門店や有名レストランのコックたちが、新鮮な魚介類を求めて歩き回っていた。

「すごいすごい、おとぎ話みたい！」

ワレンチーナは大喜びし、アーリクは自分と同じようにこの場所を楽しく感じる人を見つけたことを嬉しく思った。

「な、言った通りだろ」

アーリクはそう言って、ウイスキーを飲もうと言って、一杯飲み屋に連れていった。そうでもしないと寒さでどうにかなりそうだった。飲み屋の主人は当然のようにアーリクを知っていて、挨拶をした。

「友達だよ、ほら、あれ」アーリクはそう言って壁を指差した。船やヨットの銅版画や、ワレンチーナの知らない人々の写真が貼ってあるその壁に、一枚の小さな絵が掛かっていて、そこには小さな魚が二匹――トゲトゲの背びれのついた赤っぽい小魚と、小さなニシンのような銀色の魚が描いてあった。「この絵と引き換えに、ロベルトは生涯おれにタダ酒を飲ませてくれるって約束したんだ」

確かに、赤い顔をした髪の薄い店主は何も頼んでいないのにもう二杯のウイスキーを運んできていた。漁師や運送屋や市場の人々で、店はかなり繁盛していた。

周囲は男ばかりで、女は一人もいなかった。男たちは無心で酒を飲み、ここならではの魚のスープや簡単な料理をつまんでいた。食事をとるというより、一杯ひっかけて一息つくのが目的の店らしい。そしてこんな寒波の日はもちろん、なにより体を温めるために人が集まっている。この辺りの人々はやはり寒さには慣れておらず、寒い地方の人にとっては当然のことを分かっていなかった。薄いシャツの上に毛皮のジャケットなど羽織っても温かいはずがないこと、ゴム長靴の下にナイロン靴下を二枚履きしても無駄なこと、頭に野球帽を被っても防寒にはならないこと……。

「お、早くしないと、いちばん面白いものを見逃すぞ」

不意にアーリクがワレンチーナを急かした。

二人は外へ出た。店にいたのはたった三十分だったのに目に映る世界はかなりの変貌を遂げ、さらにその瞬間からも、まるで動画のコマ送りのような速度でみるみるうちに変わっていった。魚を並べていた棚は水で洗われてどこかへ消え、倉庫のドアは次々に閉まって一面が壁になり、明るく燃えていたドラム缶は姿を消し、港の方角からホースを持った背の高い青年たちの一団がやってきて、床に散乱していた魚の切れ端やゴミをきれいに洗い流していく。十五分後には、アーリクとワレンチーナはほとんど二人きりでぽつんとマンハッタン南端の岬に取り残されていて、夜明け前のあの壮観な賑わいは何もかも夢か幻だったようにさえ感じられた。

「さて、じゃあもう一杯やろうか」

客はすっかり捌《は》けて誰もおらず、テーブルはピカピカに拭かれ、床さえもちょうど拭き終えるところだったが、その床を拭いていた若者もアーリクを見ると会釈をした。店主の息子らしい。

「でもこれで終わりじゃない。最終幕がある、十五分後にな……」

そしてその十五分後。突然、すぐ近くの地下鉄の駅から、エレガントな男たちとばっちり髪型を決めた女たちが大量に湧き出てきた。誰もが上等の靴を履き、高そうなビジネススーツを着こなして、今季最新作の香水をつけている。

「うわあ、なにあれ、集団面接でもあるの？」

ワレンチーナはびっくりした。

「ウォール街のビジネスマンたちだ。彼らの大半はホーボーケンに住んでいる。あそこもなかなか面白い地区だから、いつか連れていくよ。だが最富裕層ではない、彼らの年収は六万から十万ドルだ。行員、ホワイトカラー。最も奴隷的な職業さ……」

ワレンチーナのアルバイトの時間が迫っていたので、二人は駅に向かった。彼女が振り返ると、さきほどの魚市場の名残りは、ただうっすらと漂う魚の匂いだけで、それすらもよく嗅いでみないと分からないほどだった……。

魚市場のほかにも肉市場と花市場があって、花市場では草木の植わった鉢の合間をぶらついた。花市場も深夜に開店したが、こちらは昼間までやっていた。

その肉市場の傍で、あるとき二人はどこかで見たような顔をした赤っぽい髪の男とすれ違った。アーリクは二言三言その人物と言葉を交わし、そのまま先を歩き出した。

「いまの人、誰？」

「分からなかったか？　ブロツキーだよ。この近くに住んでるんだ」

「本物のブロツキー？」

ワレンチーナは仰天した。それは確かに、本物のヨシフ・ブロツキー（一九四〇―一九九六。レニングラード出身でアメリカに亡命した詩人。）だった。

二人はナイトクラブにも行った。とはいえ一風変わった客層のクラブで、中高年の裕福な女性や老年の男性が集い、昔好きだったタンゴやフォックストロットやボストン・ワルツを踊っていた。

特別なにかをするわけではなく、ただぶらぶらと散歩することもあった。そんなあるとき、偶然のようにキスをして以降、二人はほとんど何処へも出かけなくなった。アーリクが表で口笛を吹くと、ワレンチーナはドアを開け、彼を部屋に入れるのだった……。

その後、ワレンチーナはミッキーのアパートに越した。ミッキーが数年間の予定でカリフォルニアへ行き、有名な映画学校で教えることになったからだ。ミッキーは私生活のほうもうまくいっているようだった。ただ、レイチェルは相変わらず悲しみに暮れ、どうして若くふくよかな胸でたくさんの子供たちを育てられそうなワレンチーナの代わりに、ミッキーは背の低いスペイン人の教授なんかと仲良くしているのか（この教授は優れたガルシア・ロルカの専門家だったが）と、嘆いていたが。

ニューヨークのミッキーの部屋はダウンタウンにあり、アーリクはそこへも遊びに来た。それまでと同じ、約束の時間——午前三時から八時に。

ワレンチーナがアーリクに、夜来ないでほしいと言っていた期間もあった。それは彼女がクイーンズ区の大学からロシア語の講師の口を得て大学の近辺に移り住んだ頃のことで、別のロシア人男性と付き合っているという話だったが、誰もその男の姿を見た者はなかった。分かっていたのはトラックの運転手らしいということだけだった。

その運転手と彼女がどれくらい続いたのかは分からない。ただ、彼女がたいへんな競争率を勝ち抜いてニューヨーク市内の大学に正規の職を得たときには、既に運転手の姿はなかった。

そしてまた、ワレンチーナはアーリクと付き合いだした。もうこれはずっとこのままなのだ、と彼女は観念した。どちらも、離れられなかった。ワレンチーナはアーリクから、アーリクはニーナから……。

11

モスクワでエンジニアをしていたという女は絨毯の上で眠りにつき、そのままアトリエに居ついた。朝、いちばん人の少ない時間——仕事のある者は既に家を出て職場へ向かい、ない者はまだ目を開ける気配もない頃、ニーナがまだオレンジの眠りに微睡んでいる頃、この目立たない、誰の記憶にも残らない女は起きだして昨日のティーカップやグラスを洗い、それからアーリクの元へ顔を出した。アーリクはもう起きていた。

「リューダといいます、モスクワから来たの」

と、彼女は念のため挨拶した。昨日、一応アーリクに紹介されてはいたが、彼女自身、一度紹介されたくらいでは誰にも覚えてもらえないことに慣れていた。

「もう長いのか」

アーリクが明るい調子で訊いた。

「六日目よ。でももうずいぶん長くいるような気がする。お顔、拭きましょうか」

リューダはさらりと訊いた。まるで、毎朝病人の顔を拭くのが日課だとでもいうみたいに。

そしてすぐに濡らしたタオルを持ってくると、アーリクの顔と首と手を拭いた。

「最近のモスクワはどうだ」

アーリクは機械的に訊いた。

「相変わらずですよ。ラジオはガーガーいってるし、お店は空っぽだし……。目新しい事件なんて何もないわ……、朝食にします？」

リューダは提案した。

「ああ、食べてみるか」

食事はもう、ほとんど摂れていなかった。この二週間というもの食べられたのは流動食だけで、果物のすりつぶしたようなものでさえも飲み込むのがやっとだった。

「じゃが芋のピューレでも作ってくるわ」

と、言うが早いか彼女はもうキッチンに立って、音をたてないよう気をつけながら料理を始めていた。

リューダ特製のゆるくサラサラとしたピューレは、するりとアーリクの喉を通った。もとより今朝のアーリクはずいぶん調子が良かった。視界の曇りも少なく、歪みなくすっきりと見えた。

リューダは枕の埃をはたき、悲しく思った。どうして私は、人の死に際に立ち会ってばかりなのだろう。四十五年の人生のなかで、既に母も父も亡くし、二人の祖母と一人の祖父も、そして最初の夫も亡くし、つい最近も親友を亡くしたばかりだった。みんな死に際には彼女が食事を与え顔を拭き、死んだ後には清拭《せいしき》をしてきた。この人はぜんぜん知らない人なのに、どうやらまた……

やるべきことは山積みだった。大量の買い物リストもあったし、会う人リストの知らない人たちに会って、モスクワの親戚についての情報を教えてあげたり、彼らが語る人生に耳を傾けたりしなければならなかった。けれども彼女は、自分がすっかりここに居ついてしまったこと、このおかしな家から逃れられないこと、目の前の人を好きになりかけていることを感じていた。好きになったところで、即座に心の張り裂けるような思いをするだけの人を……。

そのとき電話が鳴り、誰かが電話口で叫んだ。

「CNNをつけて！　モスクワでクーデターが！」

「モスクワでクーデター……」気の抜けた声でリューダが繰り返した。「そりゃ大事件ね……」

テレビ画面には切れ切れの映像が映し出されていた。国家非常事態委員会とかなんとかいう人々が、なにやら下手な差し歯のように、顔を見ればすぐ分かる劣悪なごまかしの答弁をしていた。

「しかしひどい顔だな」

アーリクが驚いた。

「あら、アメリカのほうがいいってこと？」

不意にリューダが、ソ連をかばうようなことを言った。

「まあな」アーリクは少し考えて続けた。「いや、無論ましだろう。どっちも悪党だが、アメリカのほうがまだ遠慮がある。だがこいつらはあんまりだ、恥を恥とも思わないような顔をしている」

実際モスクワで何が起こっているのかは、分かりようもなかった。

ゴルバチョフは体調不良だという。

「きっともう、この人たちに殺されたんじゃないの……」

電話はひっきりなしに鳴っていた。喋らずにいられる事態ではなかった。

リューダはアーリクが見やすいようにテレビの向きを調整した。

帰りの飛行機は九月六日にとってあった。変更して早く帰ろうかしら。でも息子もアメリカにいるのだから、わざわざ帰ることもないわよね。むしろ夫が来るのをこっちで待ったほうがいいわ……。だけどここにいて何をするっていうの。言葉も分からないし何もない……。向こうには本があって友達がいて、大好きな別荘《ダーチャ》があって……、けれども今、その何もかもが黒い雲に覆われてしまった……。

「だから言っただろう、あの条約の締結までには絶対なにか起きるって」

アーリクは満足げに言った。

「なんのこと、条約って」

リューダはぽかんとした。政治に嫌気がさして、もう長いこと最新の動向は追っていなかった。

「リューダ、ニーナを起こしてくれないか」

アーリクが頼んだ。しかしニーナはちょうど自分で起きて、のそのそとやってくるところだった。

「おれの言葉を覚えておいてくれ、これですべてが変わる……」

アーリクは予言するように言った。

「変わる……？」

ニーナはぼうっとしていて、まだちゃんと目が覚めていなかった。この部屋の外で起きていることなど、すべてが同じように遠く霞んでいた。


夕方になると再び大人数が集まってきた。テレビは寝室から出されてテーブルの上に置かれ、みんなアーリクの周りから離れてテレビの前にかじりついている。モスクワはとにかく、わけの分からない事態になっている。木製の操り人形と、銭湯の番頭、犬顔の口髭男、半妖半人――『エヴゲーニイ・オネーギン』の走馬灯のようだ。そして――戦車。街に軍隊が進入していた。通りをゆっくりと戦車が通り過ぎていく。いったい誰が誰と戦っているのかさえ、見当もつかない。

リューダはこめかみを押さえて小さな悲鳴をあげた。

「どうなるの？　この先いったい……」

プログラマーだという若い息子は仕事を早めに切り上げて母親の元へかけつけ、少し気恥ずかしそうに、

「どうって、軍事政権が誕生するんじゃないかな」

と説明した。

モスクワに電話をしてもみたが、繋がらない。おそらく同じ瞬間に数万人の人々がモスクワに電話をかけているのだろう。

「見て、戦車がうちのすぐ近くを通ってる！」

戦車はサドーヴォエ環状道路を走っていた。

「でもあなた、どうしてそんなに心配しているの、息子さんもここにいるんだし、ここに残ればそれで済むことじゃないの」

ファイーナがリューダをなだめた。

「お父さまはたぶん、とうに年金生活よね……」

ニーナが的外れなことを言った。

アーリクだけが、ニーナの言葉がそう的外れではないことを知っていた。ニーナの父親は筋金入りのKGBの高官で、ニーナがアメリカに亡命した後は娘と絶縁し、妻に対しても手紙を書くことすら禁じていた……。

「くそったれ権力め、くたばりやがれ。ああ、ウォッカがもう全部カラじゃないか」

そう言うとリービンは飛び起きてエレベーターに直行した。

ロシア語の読み書きはだいぶ上達していたジョイカも聞き取りは苦手だったが、この瞬間、彼女の聴解力はめざましく伸びていた。キャスターのひとつひとつの言葉が、すんなりと聞き取れたのである。ジョイカは、古い本を下手な翻訳で読んだだけで、見たこともない国を好きになってしまう不思議な種類の人間に属していた。そうして彼女が不意のよく分からない精神の高揚でキャスターの言葉を理解しているのとは対照的に、ルーディはただ目をぱちくりさせてキョロキョロし、時折ジョイカの肘をつついては通訳を求めていた。

しかし今モスクワで起きていることはあまりにも意味不明だった。本当は全員が、通訳を欲していたのかもしれない。

少しの間、みんなアーリクのことを忘れていた。彼は目を閉じた。ブラウン管に映し出されているものは、もはやぽつぽつとしたシミの点滅にしか見えなかった。ただ、夕方になって疲れてはいたものの、意識ははっきりとしたままだった。

マイカが来て安楽椅子の肘掛けにもたれ、アーリクの肩に触れて、

「戦争になるの?」

と、小さな声で訊いた。

「戦争?　いや、戦争にはならないよ……しかし不幸な国だ……」

マイカは不満そうに、おでこにしわを寄せた。

「あの国が貧しくて豊かで発展していて遅れている国だっていうのは、聞いたことがあるし、分かるよ。でも、不幸な国っていうのは、分かんない」

「おまえは賢いな」

アーリクは驚きと満足の混じった目でマイカを見た。

マイカも、アーリクの思いを感じとっていた。

ここにいる、ロシアに生まれた人々は、生まれ持った才能も受けた教育も、あるいは単に人間としての素養も、何もかも違ったが、ひとつ共通点があった――みんな、なんらかの事情でロシアを出てきた人々だ。ほとんどは合法的に出国していたが、なかにはもう国に戻れない者もいるし、いちばん無茶な者は不法に国境線を越えてきていた。けれども誰もが国を出てきたのだという共通項が、彼らを繋いでいた。いくら考え方が違っても、亡命後の人生が違っても、亡命という一致はゆるぎなくひとつだ――それは越えた国境線であり、途切れた人生であり、また先端の切り落とされた古き根を、成分も香りも色も異なる新しい土地に張りなおすことであった。

そして歳月が経ち、彼らの体の構成要素も変わっていった――新大陸の水、その若い分子が彼らの血を作り筋肉を作り、過去の古い細胞にとって代わっていく。反応や行動や、思考回路も次第にその形を変える。変えていきながら彼らが決まって欲するのが「自分の選択は正しかった」という保証だ。アメリカの生活のなかにどうしても馴染めないことがあったり、なかなか踏み出せない一歩があったりするような場合は特に、より確かな保証が欲しくなった。だからもう長年の間、モスクワで馬鹿げた困難な状況がどんどん進行しているということは、ここの人々にとって意識的にせよ無意識的にせよ、亡命という自らの選択を肯定するという意味では望ましい情報だった。しかしその、これまで忘れ去ろうとしてきた遠い国でいま起こっているようなことが起きようとは、それによってこんなに苦しい気持ちになろうとは、誰が予想できただろうか……。各自がどんな考えを抱いていようとも——考えはそれぞれに違ったが、それでも、心の奥深くに残された結びつきは、決して捨てきれないものだった。みんな、まるで血液が化学的な拒否反応を示すかのように、苦しく、つらく、恐ろしい気持ちに襲われていた……。

モスクワなんて、とうに夢のなかだけに存在する場所になっていた。誰もがそれぞれに、モスクワの夢を見た。アーリクは一時期、みんなが見たモスクワの夢をコレクションし、「亡命者の夢日記」と名づけたノートに書き溜めていた。夢のパターンはだいたい決まっていた——自分はロシアに戻る。ところが建物内に閉じ込められる、あるいは出口のない建物の中にいる、もしくはゴミ捨てのコンテナの中にいる、とにかくそのほか様々なトラブルが発生して、アメリカに戻れなくなる——例えば、パスポートを紛失するとか、投獄されるとか、そんな感じだ。あるユダヤ人の夢には、死んだ母親が現れて、自分をロープで縛りあげたという話もあった……。

アーリク自身が見るこの種の夢は、どこかとぼけていて面白かった。アーリクがモスクワに行く。辺りは明るく輝いていて、なんだかすごく懐かしい、部屋数の多い散らかったアパートで昔の友人たちがわいわい大人数で騒ぎながら彼の帰国を祝ってくれている。その後、みんなはシェレメーチェヴォ空港までアーリクを送りに来るのだが、そこにはかつて経験した胸の張り裂けるような別れの、もう生涯、死ぬまで会えないのだという悲しみはない。いよいよ搭乗口へ行く時間になって突然、旧友のサーシャ・ノリコフが現れて、アーリクにリードを何本か渡して去っていく。リードの先には可愛らしい中型犬が何匹も、飛んだり跳ねたりしてはしゃいでいる。ライカ系の雑種で、毛色はブチ。尻尾はプレッツェル形にくるんと丸まっている。ノリコフは消え、友人達もいつの間にか姿が見えなくなり、アーリクは犬たちとともに取り残されて、そのリードを誰に渡すこともできずに突っ立っていると、ニューヨーク行きの搭乗手続きを終了しますというアナウンスが流れ、空港の職員が来てもう飛行機は発ってしまったと告げる。アーリクは犬たちとともにモスクワに残る。どういうわけか、永久に残るんだ、という確信がある。気がかりなのはひとつだけ——ニーナはマンハッタンのアトリエの家賃を支払えない。そう思った瞬間、夢のなかにニューヨークのエレベーターや、染みついた煙草の匂いが立ち込めていく……。


「ねえアーリク、モスクワでの生活って、つらかった？」

　マイカはまたアーリクの肩を揺すった。

「ばかだな、素晴らしかったよ……。おれは、どこにいたって素晴らしい日々を送れるんだ……」

　それは本当だった。アーリクはマンハッタンにいてもモスクワのトルブナヤ通りやペテルブルグのリゴフスキー通りにいるのと同じように生活していたし、それは何年も暮らした場所だろうと三日しか滞在しなかった場所だろうと同じだった。新しい場所にもすぐ馴染み、路地裏や横道を探って危険な場所も素敵な場所も知り尽くしていく——新しい恋人の体を知っていくように。

若い頃の彼はめまぐるしく忙しい日々を送っていた。しかし世界に対する貪欲な興味と抜群の記憶力で、そのすべてを忘れなかった。これまで住んできた部屋の壁紙の柄も難なく思い出せた。近くのパン屋の売り子の顔も、向かいの建物に施された飾り彫刻も、一九六九年にプレシチェーエヴォ湖で釣ったカマスの姿も、モスクワ郊外のヴェレヤで共産少年団員《ピオネール》のキャンプをしたときにキャンプ場のなかに立っていた、折れた一本角のある、竪琴の形をした松の木も……。

彼がそうして世界に注目し記憶していることに対して、世界は彼に感謝しているように優しかった。土砂降りのケープコッドに彼が来ると、急に太陽がさんさんと照りはじめる。りんごの木の横を通りかかると、まるで木が彼を待っていてプレゼントをするかのように、ぽとりと熟れた実を落とす。自然だけではなく機械までそうで、例えば彼が電話をすると必ず通じた。とはいえこれにはちょっとしたトリックもあって、アーリクのこの特技を知っている誰かが、ずっと話し中で繋がらない電話番号があるからかけてくれと頼むと、彼はなかなかうんと言わずに何時間も断り続け、その後ふと頃合をみてかけてみる、そうすると必ずつながる、などということもあった。

アメリカも、はしゃぐ彼を快く迎えた。彼にしてみればこの新大陸のなにもかもにとにかく夢中で、すべてが文字通りに新しく思えた。巨木のように見えるこの国は、若く瑞々しい複数の木が合わさってできていた。ここのものは、なんでもどっしりとして、強く、粗削りだった。ロシアという第三の世界から来たアーリクは、アメリカにもヨーロッパにも三十歳にして初めて触れた。最初はウィーンとローマへ。病みつきになって一年近くもイタリアの菓子を食べ続けた。それから渡米して数年を暮らすと、アメリカが旧大陸に対して羨望を抱くのがよく分かった――歳月を経た澄んだ雰囲気も洗練された文化も、朽ちかけたようなところさえをも羨む思い。それと同時に、西欧が単純で屈強なアメリカに対し抱いている、高慢でありながらやはり奥に羨望を隠した思いも理解するようになった。

赤毛のブラシのような口髭を生やし、その頃にはもう後ろで髪を結わえたアーリクは、さながら仲裁者――最高の裁定者だった。公平無私だったわけではない、そうではなく、極端に好きなものが多かった。アメリカのハイウェイも、世界でいちばん美しい雑踏だと感じたニューヨークのメトロのカラフルな人混みも、露店売りの食べ物やストリートミュージックも大好きだった。けれどもフランスとイタリアが優しく交わるエクサンプロヴァンスの円形の広場にある小さく丸い噴水も好きだったし、ロマネスク建築が好きでその名残りのある建物に出会えばいつも喜んだし、楓や白樺のギザギザの葉にも似たエーゲ海諸島の海岸も好き、それから中世ドイツも好きで、マールブルクやニュルンベルクの街並みにその面影を見ることもできたし、見られないものは素晴らしいドイツの博物館に行けばすべてが揃っていた。ドイツの芸術はイタリアのルネッサンスも吹っ飛ぶほど面白かった。それに、ドイツビールは最高だった。

彼はとりたてて誰の味方をすることもなく、常に自分のやりたいようにやっていて、だからこそ、そうして色々なものを平等に好きになれた。

アーリクはマイカにぼそぼそと、アメリカやヨーロッパについての何気ない話をしてみたが、頭が鈍くなってあまり満足に話せないのが悔しかった。マイカはじっと真剣に聞き、それから訊いた。

「ロシアは好き？」

「もちろん、好きだよ」

「なんで？」

マイカは問いを重ねた。

「なんでもさ」

アーリクはぶっきらぼうに答えた。

マイカは怒った。マイカは、アーリクがいくら病気でも遠慮は絶対にしなかった。

「アーリクまで……、アーリクまでほかの大人とおんなじなんだ！　説明してよ。ねえ、なんでなの？　みんな、モスクワでの生活はすごくつらかったって言ってるじゃん！」

アーリクはふと真剣に考えてみた。確かに、なかなか考え甲斐のある問題のようだ。

「秘密を教えてやろうか」

マイカは頷いた。

「じゃあ耳を近づけて」

マイカはアーリクに倒れ込むような姿勢になって、口にくっつきそうなほど耳を近づけた。

「本当は、それについては誰もなんにも分かっちゃいないんだよ。いちばん賢い大人たちだって、ただ分かったような体裁をとってるだけで」

「てい……？」

「分かったふりをしてるってことだ」

「じゃあアーリクも？　アーリクもそうなの？」

マイカは妙に嬉しそうに言った。

「おれは、分かったふりが誰よりうまいんだ」

二人とも、最高に満足そうな顔をしていた。イリーナが、いったいどうしたんだろうかと羨ましそうに、二人を見つめていた。

12

アトリエの家主は嫌な人間だった。アーリクはもう二十年近く家主の喉に引っかかった魚の小骨のようなものだったが、家主にとってはどうしようもなかった。アーリクはこの建物の所有者が今の家主に代わってすぐ、倉庫がようやく片付き始めた頃に入居した最初の住人で、今となっては冗談のような少額を払っていた。しかし最初に決めた契約は、もはや変えようのない性質のものだった。

マンハッタンのチェルシー地区は、かつては工場労働者が多く雑多な印象を受ける、アーリクの大好きなオー・ヘンリーが描いた通りの街だったが、それがここ数年でめざましく変わり、ファッショナブルな街へと変貌を遂げていた。すぐ近くには、自由な雰囲気溢れるグリニッチ・ヴィレッジがあり、クラブがありドラッグを嗜む人々がいて、そういった夜の享楽の熱気が、近隣の家々を伝わって届いてくるのだった。

二十年のあいだに物価は高騰し、この地区の土地の相場は十倍近くまで跳ねあがったが、アトリエの家賃は相変わらずたったの四百ドルで、それすらもアーリクはしょっちゅう滞納していた。

家主は郊外の高級住宅地に住んでいて、各賃貸物件ごとに「管理人」をあてがっていた。アメリカでいう管理人というのは、家主に雇われて用務員と屋敷番を兼任する人のことである。アトリエの管理人クロードは、ほとんど転居初日から働き始めた。かなり風変わりで半分だけフランス人の血が流れており、ずいぶん込み入った過去のある男のようだった。たまに口をついて出る昔話には、トリニダード島へ大型客船で行った話だとか、北アフリカで危険な狩りをした話だとかが出てきた。嘘である可能性も高いが、しかし実際、話に劣らず面白い人生を送ってきたようにも見える。それでアーリクは勝手にクロードの過去を創作して、みんなに「あれはトランプ詐欺師の大物だったが、捕まってトルコの牢獄にぶちこまれ、気球に乗って脱獄してきたんだ」などと吹聴していた。

クロードは、アーリクがかなり困窮していた時期に二度、絵画への興味と人助けの気持ちから、アーリクの絵を買う形で援助してくれた。世の中に、絵を買ってくれる管理人というのはそういない。それとはまた別に、クロードはニーナを好いていた。彼が折をみては雑談をしに来ると、ニーナはコーヒーを淹れ、いつだったかタロット占いで「女運」を占ってあげたことさえあった。ニーナは英語をまったく解さず、アメリカに来てフランス語の勉強に精を出した。彼女はこういったことで本人にしか分からないような独特の意地を張る傾向があった。もしかしたらクロードはニーナのそういうところが好きだったのかもしれない。彼も変人で、おそらくアトリエで唯一、アーリクよりもニーナのほうを気に入っていた。

クロードは、何度か午前中にアトリエに来たことがあり、ニーナの無秩序で法則性のない人生にもひとつだけ不動の規則があるのを知っていた。彼女はだいたい一時ごろに目を覚まし、うーんと小さな声を出す。するとアーリクがコーヒーを淹れ、冷たい水の入ったグラスと一緒に持ってくる。アーリクはこの時間がいちばん仕事がはかどるので、ニーナにさえ特に話しかけずそれを置いていく。ニーナはゆっくりと意識をクリアにし、長い時間をかけてお風呂に入り、顔や体に様々なクリームを塗る。クリームはモスクワの友達に頼んで送ってもらったものだけで、アメリカ製品は頑として使わない。それから、長々といつまでも自慢の髪を梳かす。彼女は昔、数年間モスクワのショー会場でファッションモデルをやっていた時期があり、その輝ける人生の一頁をいつまでも忘れられずにいた。

そしてニーナは黒いキモノを羽織るとまた寝室へ戻り、なにかしら愚にもつかないことをはじめる。ソリティアとか、巨大なジグソーパズルとか。そして、このくらいの時間にちょうどクロードが来る。ニーナは客が来るとキッチンでもてなし、自分専用のおもちゃのように小さなカップで何杯もお茶を飲む。この時間の彼女はまだ、食べることはもちろん酒を飲むこともできない。ほんとうに弱い体質で、煙草さえも夕方にならないと吸えず、それも最初の食事を終えアルコールを摂取してから、意を決して煙草にとりかかる、という具合だった。

アーリクは七時くらいに仕事を終える。その後は、お金があるときならグリニッチ・ヴィレッジにある小さなレストランに夕食を食べに行った。亡命直後の数年は、わりあい絵も売れ、うまくいっていた。当時、亡命ロシア人画家という存在自体がまだ珍しく、アーリクはちょっとしたブレイクを果たしたほどだった。

ニーナはアメリカ生活の最初のころ、なんでもかんでも東洋のものにこだわった。この時期が彼女の東洋ブームのピークで、アーリクと二人でよく中国人や日本人の家に遊びに行っていた。アーリクはもちろん、生粋の中国人や日本人とも仲良くしていた。

ニーナは毎回念入りに支度をし、服を選び化粧をし、猫のカーチャを連れていった。カーチャはモスクワからありとあらゆる書類をきちんと揃えて連れてきた薄灰色の毛に黄色い目をした猫だ。このカーチャも相当変わった猫だった。なんといっても、何時間もニーナの肩に乗って、だらりと足を垂れたまま大人しくしている――普通の猫にはできない芸当だ。

夜誰かが遊びに来れば、階下でピザを頼むか、チャイナタウンの行きつけの店から中華料理を取り寄せた。店主はいつもニーナに、ささやかなおまけをつけてくれた。ビールやウォッカを持ってくる者もいたが、飲みすぎて大騒ぎになるようなことはなかった。

「そういう気候なんだろうな」と、アーリクは言っていた。「酒浸りってのがない代わりに、アルコール依存症がある」

確かにそうだった。アメリカに暮らし始めて三年で、そう沢山の量を飲むわけではないのに、ニーナは完全にアルコール依存症になっていた。しかしそれに比例するように、彼女の美しさは鮮やかになっていくのだった……。


その晩、家主はすべての決着をつけにやってきた。ゴミの罰金の件でクロードを叱りつけ、すぐにアーリクを追い出すようにと言った。理由もなく三ヶ月も家賃を滞納したのだから、追い出すには充分の理由があった。クロードは古くからの居住者なのだからとアーリクを庇《かば》い、彼は重い病気にかかっていてもう先は長くはないのだからと家主を説得しようとした。しかし、

「とにかくこの目で確かめたい」

と家主が言うので、クロードはしかたなくエレベーターで五階に案内した。

エレベーターを降りたときは夜の十時過ぎで、アトリエにいちばん人が集まっている時間帯だった。赤いなめし皮のような顔をした重量感のある老人には誰も気を留める気配がない。しかしアトリエでは予期していたような騒がしいパーティーやロシア式の酒宴などは行われていなかった。ただテレビの前に大きな人だかりができていた。家主はアトリエを見回した。彼はもう長いことここへは来ていなかった。物件としては申し分なく、少しリフォームすれば三千五百ドル、うまくいけば四千ドルほどの収入が見込めそうだ。

「才能ある画家なんです、この人は」

クロードはアトリエの壁際に立てかけてあるアーリクの絵を目で指して言った。アーリクは以前、過去に描いたものは目の邪魔になるといって、自分の絵を壁に掛けるのを嫌っていた。

家主はそれらの絵にちらりと目をやった。彼の友人は一九二〇年代にここチェルシーで宿屋を経営していた。宿屋といっても木賃宿に近い安宿で、ありとあらゆる流れ者や貧しい芸術家、役のない役者を泊めては、不況をなんとかやり過ごそうとしていた。心の優しい男で、時には家賃の代わりに下手な絵を買い取り、それをホールに掛けた。しかし時が経ち、気がつくと手元にはホテルが十は建つほどのコレクションが溜まっていた……。だが時代が違う、今はもう画家など珍しくもない。(いや、決してこの絵を買うなどということはしないぞ)と家主は心に誓った。

ニーナはクロードに気づくと、彼女特有の頼りなくも優雅な足どりでそちらへ向かいながら頭の中でフランス語の構文を考えたが、それを口にするより前にクロードが、

「家主さんが、用があるそうです」

と言った。

とっさに鋭い勘が働いたニーナは、にっこり微笑むと何か聞き取れない言葉をクロードに囁き、さっと踵を返してリービンの元へ駆け寄った。そしてリービンの頭を両手で押さえ、無我夢中で耳元に囁いた。

「入り口のところに来てる人、大家さんなの。管理人も連れてきてる。あの人たちがアーリクになにか言わないようにしてちょうだい、お願い」

リービンは即座に何が起きたかを悟り、ちょっと間の抜けた嬉しそうな笑顔を浮かべて彼らに近づいた。

「いやはや、御覧の通りモスクワでクーデターがありましてね、みんな少し不安になっているんですよ」

リービンはまるで隣国の首相にでもなったような口調で言った。そして言いながら、家主と管理人の腹に手をあてて、エレベーターのほうへと押しやった。二人が押されるままに後退し、いよいよエレベーターの入り口まで来たときになって、リービンは顔からさっと笑みを消し、はっきりとした声で、

「私はアーリクの兄です。支払いが遅れてしまい申し訳ありません。家賃は昨日清算しておきました。今後はこのようなことは二度とないようにしますので……」

と言った。

（まずい、こりゃあ怒鳴り散らすぞ……）というクロードの思いをよそに、家主はひとことも発さぬまま、エレベーターのボタンを押した。

13

二昼夜の間、テレビはついたままだった。電話もひっきりなしに鳴り続け、せわしなくエレベーターのドアが開いた。アーリクはまるで空っぽになったゴム製湯たんぽのように、平べったくぺたりと横になっている。だが意識ははっきりしていて、自分でもだいぶ気分がいいと言っていた。

古代演劇のように、上演は三日目に突入していた。その間に、これまで各自が多かれ少なかれ決定的な距離を置いてきたはずの過去が、再びそれぞれの人生に流れ込んできて、その度にみんなは驚いたり泣きだしたり、最高会議ビルの前の群衆のなかに知り合いの顔を探したりしていた。そんなさなか、ふとリューダの息子がすっとんきょうな声で、

「見て、父さん！　父さんだ！」

と叫んだ。ブラウン管には眼鏡をかけ顎鬚を生やした、誰が見ても知った顔に見えるような男が映し出されていて、少し首を傾けて、まっすぐにカメラのほうに向かって歩いてきた。

リューダは両手で喉元を押さえた。

「まあ、あなた！　いると思ったのよ私、あの人、絶対ここにいるって！」

このときにはもう、クーデターが不成功に終わるのが分かっていた。

「おれたちの勝ちだな」

と、アーリクが言った。

この「おれたち」というのがいったい何なのか――自分たちとは誰を指すのかは、さっぱり不鮮明だ。しかしこれは、ヴィクトル神父が開戦時にパリで感じた驚きと同じ種類の感覚だった。ヴィクトル神父の祖父は元々白軍の将校で、聖職者になったのは亡命した後だが、その頃にはロシアとの深い繋がりを感じていて、亡命の長い年月の間に「彼ら」が「私たち」に変わっていき、一九四七年にはもう少しで危険を顧みずにロシアへ戻ってしまう勢いだった。

リービンはアーリクの言葉にはまったく賛成できなかったが、今日は言い合うまいと決め、ただぽつりと、

「いや、誰が勝ったのかは、まったく分からないじゃないか……」

とだけ言った。

けれども内戦は始まらなかった、戦車は街から出て行った、それにはみんな安堵していた。ニュースは、歴史的映像の連続だった。ルビャンカ広場のジェルジンスキー像が倒されて平らになった土台が映し出された。ソヴィエト政権における記念碑の最優秀作品は――なにもない土台だ。花崗岩だ、大理石だ、鋼鉄だと自負していた党が、腐葉土のように崩れ落ち、幻のように消えていった。

三人の死者が葬られていく――天の手に無作為に選び出された精悍な顔立ちの青年たちは、一人がロシア人、一人がウクライナ人、一人がユダヤ人だった。前者二名の上では振り香炉が焚かれ、後者一名には祈禱布《タッリート》が掛けられている。それは、その国で誰も見たことがないような

葬儀だった。そして、幾千幾万の群衆……。
まるで、積もり積もっていた腐敗も病も不正も一瞬で崩れ落ち、ゴミ捨て場が水で洗われていくように、悪臭を放つ大量の廃棄物がすべて川に流されて去っていくように思われた……。
そしてここにいる、かつてロシア人だった人々は例外なく一緒に喜びあった。その喜びはいつもより多い酒の量に表れた……わけではなく、ソヴィエトの昔の流行歌となって響いた。誰よりもうまく歌いあげたのはワレンチーナだ。

あたり一面　青や緑に包まれて
どの窓辺でも　ナイチンゲールが鳴き……

この地区にもこのアトリエにも青や緑はどこにもないのは誰もが分かっていたし、この新しい国ではどの色もまったく別の風合いを帯び、異質な張力を持っていた。けれどみんな、それぞれに自分の子供時代の色を思い出していた。ワレンチーナは、くすんだ水色の河水が流れるオカ河と、河へ続くカルーガの大学通りの両脇に霞む菩提樹の並木を。アーリクはモスクワ郊外の青や緑——萌えたつ若葉の無垢で自信のなさそうな優しい色味や、柔らかな濃淡できらめき続ける空を。ファイーナは、マリーナ・ローシャ地区の壊れかけの柵や、どぎつい緑色の塀の向こうにある、素朴な金色のヤエザキオオハンゴンソウ（黄色い大きな花をつけるキク科の改良種。第二次大戦後、ソヴィエトで好んで植えられた。）を……。

通りからは相変わらず音楽が聴こえていた。それも、いつものラテンアメリカのサルサではなく、なにやら粗野でやみくもに何かを叩き奇声を発するような音楽だ。誰よりも音楽に敏《さと》いアーリクがリービンに、

「どうにか、黙らせられんか」

と頼んだ。

リービンはナターシャを連れて出て行った。

テレビは群衆に次ぐ群衆を映し出す。アトリエにも人はたくさんいて、なんだかテレビのなかの群衆と繋がっているようでもあった。アーリクがふと気づくと、その見慣れた人々のなかに、知らない人が混ざっている。それは背の低い白髪の老人で、額に革紐を巻き妙な白い服を着ていたが、目を凝らしてもピントがぼやけてよく見えなかった。

「ニーナ、あのおじいさんは誰だ」

アーリクは訊いた。

ニーナはびっくりした。まさか、さっき大家さんが来たことに気づいていたのかしら、と。

「そこにいる背の低い、白い顎鬚のおじいさんだよ……」

ニーナは辺りを見回したが、おじいさんなど、いない。

耐え難かった音楽が不意に途切れた。すると、どこからともなく子供たちが現れた——ものすごい数の子供だ。不思議なほど可愛さのかけらもない、獣のような顔をした子供たち。夜遅い時間のはずなのに、やけに暑い。ワレンチーナが傍に来た。

「どうしたの」

「なにか涼しい歌を歌ってくれないか」

ワレンチーナはアーリクの横に座り、干からびた彼の脚を抱きかかえ、静かで明瞭な声で、歌った。

寒さよ《マロース》　寒さよ《マロース》　凍えさせるな
凍えさせるな　私を　私の馬を……

ワレンチーナの声は本当に冷気を帯びていて、まるでおもちゃの舟を水に浮かべたときのように、空気中に小さな波紋を生みだした。

アーリクは、ふかふかの茶色い毛皮のコートにくるまった自分を目に浮かべた。白い頭巾のうえに、きつめの毛皮の帽子を被り、コートにはお気に入りのバックルがついたベルトを巻いている。曲がった背もたれのついた子供用のソリに乗って、目の前には母親のフェルトのブーツが歩いていて、青いコートの裾と灰色のフェルトが擦れ合っている。口元は毛糸のマフラーできつく巻かれ、口の周りの部分は温かく湿っている。一所懸命に息をしなくちゃいけない、強く、強く。そうじゃないと――もし息をするのをやめたら、この温かい湿った部分がたちまち凍って、チクチク冷たく唇を刺してくるから……。

さきほど周りに湧いて出た子供たちはどんどん増えて、やはりみんな雪をかぶった、ふかふかのコートを着ていた……。

ガシャンとドアが開き、エレベーターからリービンと六人のパラグアイ人が出てきた。パラグアイ人は全員ほとんど同じような雰囲気で、みんな背が低く、黒いズボンに白いシャツを着て、小さな太鼓や鳴子や拍子木のようなものを身につけていた。彼らはその楽器を鳴らしながら、アトリエに入ってくる。

「ニーナ、あれはいったいどっから来たんだ」

アーリクが自信なさそうに訊いた。

「リービンが連れてきたのよ」

リービンはぐでんぐでんに酔っぱらっていて、アーリクに近寄ると、

「アーリク！　こいつらぁ、いい奴らだ。僕はこいつらに酒を飲ませてみたんだよ。きっと酒を飲めば、飲んでる間は静かになるだろうと思ってね。案の定、うまくいったぜ。しかしこいつら、英語がてんで喋れない。一人だけ多少話せるんだが、残りのはスペイン語さえ満足に分からない。グアラニー語だかなんだか、それが母語だっていう。しかたないから一緒に一杯やって、僕は言ったんだよ、友達が病気なんだ、ってね。そしたらこいつら、病人に効くいい音楽を知ってるって言う。どうだ、面白い奴らだろう……」

そうこうするうち「面白い奴ら」は、前の人の後頭部を見るような形でずらりと一列に並んでいた。先頭にいた、煉瓦色の顔に傷跡のある男が太鼓を叩くと列はぐるりと円を描いて歩きだす。短い足で一歩ごとに座るように足を曲げながら進み、リズミカルに体を揺らし、勢いよ

く息を吐いて叫びのような声を発しながら。

ここ数週間というもの彼らの音楽に悩まされ続けていた女たちは、一様に笑いをこらえていた。

けれども建物のなかに響いた彼らの音楽は、外から流れてくる音で聞くのとはまったく違っていた。はっとするほど真剣で、路上音楽ではなくもっとずっと重いジャンルに属する音楽のようだった。心臓の鼓動や肺の音や水分の動きや、胃の中で食物が消化される音までもが聞こえるような音楽。楽器をよく見ると、なんと驚いたことに——それらは髑髏《どくろ》や小さな骨でできていて、彼ら自身の体にもまるで祭りの装飾のように、骸骨がぶら下がっていた……。一旦音楽は静まったが、みんなが口を開くよりも前に、音楽隊はくるりと向きを変え、また並んで円を描きながら、こんどは別の音楽を演奏し始めた。古代的な、不気味な音楽だ。

「死の舞踏だな」

アーリクが悟った。彼は、今となっては間違いなくそれが死んでいく体の音なのだと分かり、彼らが反時計回りに動き出したときも、別のテーマへの移行の合図だとすぐに察した。ここのところずっと彼を苛立たせていた単調で陰鬱な音楽が、不意にごく基本的なことがらのように明白になった。だがその音楽も最後まで演奏する前に、急に止んだ。

客人は増える一方だった。アーリクはアトリエの人々に交じって、中学校のときの物理の先生がいるのを見つけた。雪靴というあだ名だった、ニコライ・ワシーリエヴィチ先生だ。アーリクはぼんやりと不思議に思う——まさか先生は、こんな老年になって亡命してきたんだろうか……いったい、今いくつになったんだ……。ああ、コーリカ・ザイツェフもいる、おれと同じクラスだったが、路面電車に轢かれちまったんだ、痩せて、いくつもポケットのついたスキーのジャケットを着て、足元で布張りのボールを転がしている……こんなところまでボールを持ってくるなんて、かわいい奴だ……。あれは従妹のムーシャだ、まだ幼い頃に白血病で死んだ……。ムーシャは洗面器を持って、部屋の端から端へと歩いていく。しかし幼い少女ではなく、だいぶ成長した女の子の姿で。すべてどこにも不思議なところなどなく、自然なことのように思えた。そればかりか、遠い昔の過ちや不公平なできごとが、正されていくような感覚さえあった……。

フィーマはアーリクに近寄り、冷たい手に触れた。

「アーリク、どうだ、もう戻るか?」

「ああ」

フィーマはアーリクの軽すぎる体を抱きあげ、寝室に運んだ。唇は紫で手の爪は薄青く、ただ髪だけが変わらぬ銅の赤さで燃えていた。

(低酸素症だ)フィーマは反射的に判断した。

ニーナが出窓から薬草入りの液体を持ってきている。

パラグアイ人のリーダー格で通訳の男は、ワレンチーナのところへ来て彼女の髪を触らせてほしいと頼んだ。彼は片手で自分の乱れた長い漆黒の髪を握り、もう片方の手の指先で毛束ごとに様々な色に染められたワレンチーナの髪をなぞり、ケラケラと笑った——彼女のカラフルな髪に触れたのが、なぜだか嬉しかったらしい。彼らは二週間前に熱帯林に囲まれた田舎からニューヨークへ来たばかりで、まだ触れたことのない都会の珍しいものが色々あった。ワレンチーナは不意に民族衣装の帽子を被せられたような妙な気持ちになったが、それは特に嫌な気持ちではなく、数分後にはすっかり忘れていた。

アーリクは空気を捉えようとしていた。もっと、ちゃんと呼吸しないと。そうじゃなきゃ、マフラーが凍りついてしまう。彼は喘ぐように息を吸ったが、吸うのに夢中すぎて吐いた息より多く吸ってしまった。

「疲れたよ……」

フィーマはアーリクの手首を掴んだ。乾いた、枯れ木の枝のような手首。横隔膜が死に、肺が死に、心臓が死んでいく。フィーマは往診鞄を開き、考えた。カンフルを使って、弱った心臓を強制的に動かすこともできるが、どれだけもつか……。麻薬を使う手もある。本人は楽に意識を失い、そこからもう戻ってこないだろう。もしくはこのまま何もせずに様子を見たら、一晩か、二晩か……。どれくらいこの状態が続くのかは予測がつかないな……。

この国は苦痛を嫌悪していた。苦痛の存在を根本的に否定し、存在していたとしてもそれは可及的速やかに撲滅すべきものとしてしか認識しなかった。苦痛を否定した若き民族は、そのために一連の学派をも生みだした——哲学界にも、心理学界にも、医学界にも。彼らはどんな対価を払っても苦痛を取り除くことを目的としていた。ロシアから来たフィーマの頭にはこの思想はなかなか馴染まなかった。彼を育ててくれた土地では、苦痛を好み、高く評価し、糧にすらしていた。苦しみがあって初めて人は育ち、大人になり、賢くなるのだと。それに千年単位で苦痛にさらされてきたユダヤ人としての彼も、苦痛が存在しなくては崩壊してしまう大事なものを自分のなかに抱え込んでいるように感じていた。こういう人々にとって苦痛を取り除かれてしまうことは、足元の大地を失くすことに等しいのだ……。

しかし、それはアーリクの件には関係がなかった。フィーマはやはり、アーリクが最期にひどく苦しむのは絶対に嫌だった。

「ニーナ、救急で民間の往診を呼ぼう」

フィーマは思いのほかきっぱりと、そう言った。

14

車は十五分後に到着した。バスケットボール選手のように背の高い、下顎の出た黒人と、眼鏡をかけたインテリ風の痩せた男。一人目は黒人医師だが、問題は二人目だ――亡命ポーランド人か、チェコ人か、とにかくフィーマの見たところでは同じような境遇の、やはりアメリカの資格をとるに至っていない男のようだ。自分に似た男が来るなんて想定外だし、不快でもあった。フィーマは窓辺に移動した。

黒人医師はタオルケットをはがした。アーリクの目の前に手をかざし動かしたが、反応はない。医師がアーリクの手首を握ると、その巨大な手に包まれた手首はまるで鉛筆のようだ。彼は長々となにか言ったが、意味はまったく分からなかった。少しして、どうやら人工肺のことや入院の話をしているらしいと判断するが、しかし病院に入れようと言っているのかそれとも入院を断っているのかさえ分からない。

だがニーナは長い髪を揺らして首を横に振り、ロシア語で「アーリクはどこへも連れて行かせない」と言っていた。医師はじっと注意深くこの痩せ衰えた美人を見つめ、それから長い睫毛のついた大きな瞼を閉じて、

「分かりました、奥様《マム》」

と言った。それから大きな注射器に三つのアンプルから薬をとり、アーリクのほとんど肉のない太腿の皮と骨の間に注入した。

眼鏡男はなにやらずっと書きこんでいたカルテを書き終えてもじゃもじゃの眉毛をしかめ、長い鼻のついた顔で、フィーマでさえびっくりするような強い訛りのある英語で医師に話しかけた。

「そちらの女性、お加減が悪いようです、精神安定剤かなにか用いたほうがよろしいかと、状況的に……」

医師は手袋を外して鞄に放り入れ、眼鏡男のほうを見もせず言い捨てるようになにか言った。フィーマはどきりとした。なんていう扱いだろう……。

（どうして僕は役立たずのままこの地に住み続けているんだ。このままでは何もできない、帰らなくちゃ……）無為な年月を過ごしてきて、今になって初めてフィーマはそう思った。そして不意に怖くなった——今ロシアに戻ったとして、自分はまた医者になれるのだろうか。いまいましい試験の数々に、それがたとえロシア語であっても今の自分にはすべてに合格するだけの力があるのか。まあ、ハリコフなら医大卒業時の資格だけで充分かもしれないが……。

無意味な医療班が帰ってしまうとニーナはまた忙しそうに駆けだして、薬草の瓶を持って手当てを始めた。アーリクの足元に座り、てのひらに液体をとり、足に塗っていく。つま先から順に、ふくらはぎ、太腿。

「あの人たち、なんにも、本当になんにも分かってない。誰もなんにも分かってないの。アーリク。あの人たちは信じてない。でも、私は信じてるわ。信じてる。ねえ神様、私、信じてるの……」

ニーナはたて続けに液体をてのひらにとり、かけていく。シーツに染みが広がり、そこらじゅうに滴が飛び散るが、彼女はかまわず一心にこすりつける。脚に、それから胸に。

「アーリク、ねえアーリク、おねがい、なにかして。なにか言って。夜なんて嫌ね……。明日になればきっと良くなる、ほんとよ……」

しかしアーリクは何も答えず、ただ苦しそうに、一所懸命に息をしていた。

「ニーナ、少し休みなさい。マッサージは僕が代わろう。いいだろう？」フィーマが勧めると、彼女は意外なほどあっさりと頷いた。「あそこにジョイカがいる、今日は彼女が見ていてくれることになってたんだ。ニーナは絨毯で休むか？　それでジョイカに少しここにいてもらえばいい」

「帰ってもらって。誰も要らない」そう言ってニーナはそのままアーリクの足元で、もうすっかりアーリクが埋まったようになっているソファーベッドにうつ伏せに倒れ込みながら、なおも言葉を続けた。「一緒に、ジャマイカかフロリダに行きましょう。大きなレンタカーを借りて、行きたい人はみんな連れていくの――ワレンチーナも、リービンも、みんなみんな。途中でディズニーランドにも寄れるわ。いいでしょう？　きっと、すごく楽しいと思うの。昔みたいにモーテルに泊まって……。医者なんて、全然なんにも分かってない。薬草のほうがずっと効くんだから。薬草は、これまで信じられないような重病の人を治してきたの……治せない病気なんてないの……」

「もう寝なさい、ニーナ」

ニーナは頷いた。

「飲み物、持ってきて」

フィーマはニーナのカクテルを作りに行った。ほとんどの人はもう帰っていた。

アトリエの角にはまだジョイカが小さくなって灰色の装丁のドストエフスキーを読みながら、今夜の看病を頼まれるのを待っている。誰かが、頭から毛布をかぶって寝ている。リューダは後片付けをすませて最後のグラスを洗いながら、フィーマに、

「どうなの」

と訊いた。フィーマはたった一言、

「危篤だ」

と答えた。

彼はニーナに飲み物を持っていく。彼女はそれを飲みほすと、アーリクの足元で丸くなって、なにやら聞き取れない言葉をぶつぶつと発していたが、そのうち眠りについた。ニーナはおそらく、今なにが起きているのか理解していない。


明日、といっても日付のうえでは既に今日だが、ともかくその日フィーマは仕事があった。その翌日は休みをとれる。そのさらに翌日となると、おそらくもう休みは必要なさそうだ。彼はベッドの端に、剛毛の生えた節くれだった膝を広げて座った。不格好な役立たず。彼は今、そこに座って悲しげに、ウォッカとジュースの混ぜ物でそっとアーリクの唇を濡らしてやることしかできない——飲ませることは、もう不可能だ。そして、ただ起こるべくして起こるその瞬間を待つことしか。

明け方、アーリクの指先がちいさく震えたのを見て、フィーマはニーナを起こそうと決めた。フィーマはニーナの髪を撫でた。ニーナはどこか遠くから戻ってくると、いつものように長いこと、いったい自分はどこへ連れてこられてしまったんだろうと考えているようだった。ニーナの瞳に理解の光が灯ったのをみて、フィーマは、

「ニーナ、起きなさい」

と言った。
ニーナは夫の姿を覗き込んで、彼女が寝ていた短い間に起きた変化に改めて驚いた。その顔は十四歳の少年のように、あどけなく穏やかで明るい。けれども息づかいはほとんど聞き取れなくなっている。

「アーリク」ニーナは両腕で彼の顔に、首に触れた。「ねえ、アーリク……」

彼は元来いつも、超自然的なほど瞬時に人の呼びかけに応える力を持っていた。どんなに遠く離れていても、ニーナが呼ぶとすぐに応えた。ニーナがアーリクを必要としたとき、彼女が心のなかで呼べばその瞬間に、彼は別の街にいても電話をかけてきた。それなのに今の彼はなんの反応もしない。こんなことは、これまでになかった。

「フィーマ、どうなってるの、なにが起こってるの?」

フィーマはニーナの痩せた肩を抱いた。

「死ぬんだ」

ああ、本当なんだ——と、ニーナは悟った。

彼女の澄んだ瞳は生気に満ち、はっと我に返ったようになって、不意にしっかりとした声で、フィーマに言った。

「出ていって、しばらく入ってこないで」

フィーマは何も言わずに部屋を出た。

15

リューダが恐る恐る寝室を覗いた。

「みんな出ていって、みんなみんな！」

ニーナの仕草は堂々として、芝居じみてさえいた。角に座っていたジョイカが顎を膝にのせて困ったように、

「ニーナ、私、看病しに来たんだけど……」

と言った。

「いいからみんな出ていってって言ってるでしょう！」

ジョイカはびっくりして震えあがり、エレベーターのほうへ走っていった。リューダは呆然とアトリエの真ん中に立ち尽くしている。頭まで毛布をかぶった誰かは相変わらず眠っていて、ぐうぐうといびきをかいている。ニーナはキッチンへ走り、戸棚の奥から陶器のスープポットを引っぱりだした。

その瞬間、二人がワシントンに越してきたあの素晴らしい日がよみがえった。明るい性格のスラフカ・クレインの家に泊めてもらっていた頃のことだ。スラフカはベース奏者で、嫌々ながらプログラマーに転職しようとしていた。アレクサンドリアで公園の傍の小さなレストラン

で朝食をとった。定年後のおじいさんたちが、とんでもなく下手な音楽ではあるものの誰からもお金を貰わずに路上で演奏していた。それからクレインは二人を蚤の市に連れて行ってくれた。あまりに楽しい日で、なにか買い物をしたい――小銭で買える素敵なものが欲しい、そんな気分だった。実際、お金はほとんど持っていなかった。そのとき、整った顔立ちの、片腕の不自由な白髪の黒人の売り子に呼びとめられて買ったのが、ボストン茶会事件の時代の骨董品だというイギリス製のスープポットだった。そのあと一日中、この大きくてどうがんばっても鞄に入らない邪魔なポットを持って歩くことになった。クレインは誰かの見送りだか迎えだかで、車ごといなくなってしまっていた。

（あのとき買ったのは、このためだったんだ）スープポットに水を注ぎながら、ニーナは思った。

しゃんと背筋を伸ばし普段より背が高くなったニーナは、厳かにスープポットを寝室へ運ぶ。高く顔の高さに掲げ、縁に唇を押しつけながら。

（完全に気がふれたか。ニーナはこの先どうなってしまうんだろう）フィーマは顔をしかめた。

ニーナは既に、みんなを追い出したことなど忘れていた。

気をつけて静かに、赤い椅子の上にスープポットを置く。箪笥の引きだしから三本のろうそくを出して火をつけ、底面を溶かしてスープポットの縁に立てる。すべての動作が難なく一回で成功し、必要なものはすべて、まるで自ら進み出てきたように順調に手に入った。

壁に掛けてあった紙製のイコンをとったとき、それを置いていった奇妙な男を思い出して、ニーナは微笑んだ。その頃、たくさんいた宿なし亡命者の一人が、彼らの家に寝泊まりしていた。ニーナは普段ならアトリエにどんな人が出入りしようと気にしなかったが、その人物だけは早く追い出してほしいとアーリクに訴えたことがあった。しかしアーリクは、

「ニーナ、そんなことを言うもんじゃないよ。おれたちは充分すぎるほど幸せに暮らしてるじゃないか」

と、取り合わなかった。しかしそれは本当におかしな男で、顔も洗わないし修行僧のような重い鉄鎖を着けて、アメリカが大嫌いで絶対に来たくはなかったのだがイエスが今アメリカにいるという預言を聞いたので探し出さなければならない、と語っていた。その言葉通り、男は朝から晩までセントラルパークでイエスを探し続けた。その後、どこかから仕入れた情報でカリフォルニアに旅立った。そこには彼と同じようなことをしているセラフィムだかセバスチャンだかいうアメリカ人がいて、その人もやはり狂人で、おまけに聖職者だという話だった……。

ニーナはスープポットにイコンを立て掛けた。ふと不安が心をよぎる……名前、そう、名前だ……。名前が、あまりにもあり得ない——祖父にちなんで、両親はアブラムという名前で彼を戸籍に登録した。それでいて実際にはずっとアーリクと呼んで育てていたのだが、離婚する以前、両親は息子の名前のことで頻繁に言い争っていた。こんなに筋違いな、問題の種になるような名前をつけようとしたのはどっちだったのか、と。そんなわけで、親しい友人でも彼の本当の名前を知らない人もいたし、おまけにアメリカに来て身分証を受け取る際、彼は「アーリク」を正式な名としていた……。

どんな名であろうとその名でいられる時間はもう僅かしか残っていないその男から、時折、苦しそうな寝息が聞こえていた。

　ニーナは急いで教会暦を探しに行き、本棚の奥にやみくもに手を突っ込むと、無造作に積み重なった本の山の向こうから、すぐに古い暦が出てきた。八月二十五日について記載のあるページをめくると、殉教者フォチーとアニキタ、パンフィールとカピトンに続いて、神品致命者アレクサンドル、とある。これなら正しい、これで名前は大丈夫。やっぱり、なにもかも順調だ。ニーナはふっと微笑った。

「アーリク」彼女は夫を呼んだ。「怒らないで、戸惑わないでね。今から、あなたに洗礼を授けます」

　ニーナは長い首から金の十字架を外す――テレク・コサックの祖母から受け継いだものだ。臨終を迎えた人に対してはキリスト教徒であれば誰でも洗礼を授けられるということは、マリヤおばさんが教えてくれた。使うのは金の十字架でも十字の形に縛ったマッチ棒でもいい。水でもいいし砂でもいい。あとは、ニーナも覚えている簡単な言葉を言うだけだ。彼女は十字を切り十字架を水に浸し、かすれた声で、

「父と子と聖霊の御名において……」

　と言い、水に十字を描き、スープポットに手を入れ、てのひらに水をすくって夫の頭に跳ねかけ、

「……洗礼を授けます、神のしもべ、アーリクに」

と締めくくった。さっき見つけたばかりのアレクサンドルというおあつらえ向きの名前は肝心な瞬間に頭から出ていってしまっていたが、彼女はそれさえ気づいていない。

その先どうしたらいいのか、ニーナは知らなかった。十字架を握りしめたままアーリクの隣に腰を下ろし、指で撫でて洗礼の水を顔に、胸に、のばしていく。一本のろうそくが曲がり、物理の法則に逆らって、外側ではなく神聖なポットの内側に落ち、ジュッと音をたてて火が消えた。ニーナは十字架をアーリクの首にかけた。

「アーリク、アーリク」

彼女は呼んだ。アーリクは答えず、ただ喉を鳴らして息を吐いたあと、また静かになった。

「フィーマ！」

ニーナに呼ばれ、フィーマは部屋に入ってきた。

「見て、私がやったのよ――洗礼を授けたの」

フィーマは医者らしい毅然とした態度で、

「そうかそうか、洗礼か。それは良かった」

と返した。

なにもかも正しいことをしているという自信に満ちた素晴らしい高揚感が、急にしぼんだ。ニーナはスープポットの載った椅子を部屋の隅によけてアーリクに寄り添うように横になり、ぶつぶつとよく分からないことを喋りだした。フィーマは特に耳を傾けようとはしなかった。

ドアが少し開き、キップリングが滑り込んできた。このおとなしい犬はもう三日も入り口の傍に座って、主人の帰りを待っている。キップリングはアーリクのベッドに頭をもたせかけた。

犬を外へ連れ出さなきゃならんな、とフィーマは考えた。出勤時間が迫っている。ジョイカはニーナに追い出されて怒って帰ってしまったし、リューダも深夜に出ていってしまった。フィーマは相変わらず寝ていた誰かを起こした。リービンかと思ったらそうではなくシムルだったが、それはむしろ都合が良かった。シムルは暇人で、ほぼ十年にもわたるアメリカ亡命生活をずっと補助金で賄っていた。フィーマはシムルに事情を説明し、万が一のときの指示をして、職場の電話番号を渡した。あとは、ドアの前でおとなしく尻尾をパタパタさせているキップリングを外へ連れ出して、仕事へ行くだけだ。

16

アーリクの洗礼をした翌日、ニーナは寝室から外へ出ず、アーリクの脚を抱えて横になり、誰も傍へ寄らせなかった。

「シーッ、静かに。いま寝てるの」と、誰かがそっとドアを開けようとする度にニーナは言った。

アーリクは意識がなく、ただ時折、音をたてて息をするだけだった。けれども周囲で喋っている言葉は、すべて耳に届いていた。ただ、とてつもなく遠くから聞こえているような気がした。みんなに向かって「大丈夫だ」と言ってやりたいと思うことも度々あったが、口元に巻かれたマフラーがきつすぎて、とてもゆるめられそうにない。

　同時に、アーリクは新しい感覚に包まれていた。自分が軽い霧のような、楽に動ける存在になって、なにやら白黒映画のなかで動いているような気分。ただその映画の白黒は明確なコントラストをなしていない。フィルムが古く擦り切れているのか、全体が灰色にぼやけている。けれどもそんなことは、まったく気にならなかった。

　ここ数ヶ月というものずっと恋しかった「体を動かす」という行為に、麻薬のような快楽を覚えた。雨に濡れた路肩にチラチラと動く影に、どこかぼんやりと見覚えがあった。木の影のような部分もあれば、人の影に見えるところもある。そこへ再び雪靴先生が現れて、アーリクはほっとする――頭のいい、理路整然とした物理の先生。先生がいるということは、これは紛れもない現実なんだ。そう考えると、それまで小さく渦巻いていた、夢か幻じゃないだろうかという不安が消えていく……。雪靴先生はアーリクに気づいて身振りで挨拶をし、それを見たアーリクは思う――先生はおれに近づいてくる、と。

　ニーナはまたカチャカチャと瓶を鳴らし始めていたが、その音は心地良く音楽のように響いた。彼女は薬草液の残りを手にとりながら意味の分からない言葉を呟いていたが、それもなんの邪魔にも妨げにもならなかった。このときにはもう雪靴先生はすぐ横に来ていて、アーリクはふと先生が学校でやっていたのと同じように唇を小刻みにパクパク動かしているのに気づき、ああ、そういえば先生にはこういう癖があった、おれは忘れていたけれど――と考え、感動を覚える。そしてまた、これは夢じゃなく本当に起こっていることなんだ、という実感が強まるのだった……。

昼頃に、エアコンの取り付け業者が来た。金のチェーンネックレスをした白人と黒人の混血の男性は他人のことには全く興味を示さないタイプの人間で、若くて頼りない雰囲気の見習いを連れていた。アトリエの誰かがお金を払って呼んだらしい。ニーナが部屋に通すと、二人はただの一度も死の床に伏した病人のほうを見ないまま、素早くエアコンを取り付けた。部屋に充満していた熱気が、素早く涼しい空気に変わっていく。そのあとでワレンチーナが来たが、ニーナは寝室に通さなかった。ワレンチーナは泣きはらした顔のジョイカと一緒にアトリエで待機した。

汚れた白いカーペットの隅ではマイカが、丸めた毛布に心地良さそうに頭を預けて、英語の本を読んでいた。いつか原書で読みたいと夢見ている『チベット死者の書』だ。昨日からずっと、マイカは自分が男ではなくチベットの僧院に入れないことを悔やんでいた。今朝などは母親に、胸を半分くらいに小さくする手術を受けられないかと訊いたほどだ。まるでそうすれば憧れのチベット僧に近づけるとでもいうように……。

背中の後ろにクッションを入れてあったので、アーリクはベッドの上に座ったような格好になっていた。ニーナは彼の乾いて暗い色になっていく唇を濡らし、ストローをスポイト代わりにして水を口に入れようとも試みたが、水はすぐに滴り落ちてしまう。

「アーリク、アーリク」

ニーナは呼び、彼に触れ、撫でた。みぞおちの窪みにすがりつくようにキスをし、そこから下に、へそまで続く見えるか見えないかのラインを――人間を二つに分かつ微《かす》かな線を、舌でなぞる。体からは知らない人のような匂いがして、舐めると苦い。この苦い液体を二ヶ月も塗り続けてきたのだ。それから彼女は短い縮れた赤毛に顔をうずめて静止し、ふと、毛だけは全然変わらないのね、と思う。

ニーナはようやくアーリクの体を求めるのをやめ、静かになった。そのとき突然、アーリクがきわめて明朗な声で、

「ニーナ、おれはすっかり元気になったよ」

と言った。


七時過ぎにフィーマが仕事から帰ってきたとき、寝室では奇妙な光景が繰り広げられていた。ニーナが一糸まとわぬ姿で黒いキモノの上に座り、どろどろとした薬草入りの液体を塗りながら、

「ほらね、とてもよく効くでしょう、すごい薬草なのよ……」

などと話しかけている。彼女はフィーマを見ると、とろんとした目を輝かせて厳かな口調で

口を開いた。

「アーリクが私にね、元気になった、って言ったの……」

(死んだな)と、フィーマは悟った。彼はアーリクの腕に触れた——なにも感じない。脈動の音楽は消えていた。

フィーマはアトリエへ出て安物のウォッカを取っ手のついた大きな瓶からグラスに半分注いで飲み干し、アトリエの端から端までをうろうろと何往復かした。人はまだそう多くはない。みんなが集まる時間はもう少し後だ。それぞれ自分のやっていることに夢中で、誰もフィーマを見もしない。ワレンチーナとリービンはアーリクのバックギャモンで遊んでいるし、ジョイカはニーナに教わったタロット占いをやって、占わなくても分かり切っている孤独な人生を占おうとしている。なんにでもマヨネーズをかけるファイーナが、目玉焼きにマヨネーズをかけて食べている。モスクワっ子のリューダはとうに食器を洗い終え、息子と一緒にテレビをつけて、モスクワの最新ニュースが流れるのを待っている。

「アリョーシャ、テレビを消してくれないか。アーリクが死んだ」と、フィーマは言ったが、あまりに声が小さくて誰の耳にも届かなかった。「なあみんな、アーリクが死んだよ」変わらぬ小さな声で、彼は繰り返した。

ガシャンとエレベーターが開き、イリーナが入ってきた。

「アーリクが死んだ」

イリーナに向けたその言葉が、ようやくみんなの耳に届いた。

「もう？」

と、ワレンチーナがひどく悲しい悲鳴のような声をあげた。まるでアーリクが、永遠に生きると約束したのにもかかわらず早すぎる死で彼女の人生を狂わせたとでもいうように。

「O, shit!」

マイカは叫んで本を投げ捨て、エレベーターへと走った。途中で母親を突き飛ばしそうになりながら。

イリーナはマイカがぶつかった肩をさすりながら入り口付近に立ち尽くし、考えた。（ロシアに一週間くらい行ってこれないかしら、カザンツェフ家の人たちを訪ねて、ギーシャに会って……）ギーシャというのはアーリクの姉だ。（アーリクより十四も年上だったから、もうすっかりおばあさんのはずだわ、ギーシャは私を好いてくれていたし……）

ジョイカはタロットカードを脇によけ、泣きだした。

なぜだか、みんなが服を着始めた。ワレンチーナは長いインドのスカートを頭から被り、リューダはサンダルを履いて寝室へ行こうとしたが、フィーマが止めた。

「待ってくれ。ニーナはまだ分かっていないんだ。言ってやらなきゃならん」

「おまえから話してくれないか」

リービンがフィーマに頼んだ。リービンとフィーマはかれこれ三年も口をきいていなかったが、このときリービンは自分でも気づかないほど自然に話していた。

フィーマは寝室の扉を少しだけ開けてみた。相変わらずの光景だ。横たわったアーリクには、

首元までオレンジ色のタオルケットが掛けてある。ニーナは床に座り、長い指をした自分の細い足の裏を擦りながら、

「とてもよく効くでしょう、アーリク。これはね、すごい薬草なの……」

と話している。

そこにはキップリングもいて、前足をベッドにかけ、その上に哀しげな表情の賢そうな頭をのせていた。

（犬が死人を怖がるなんていうのは、根も葉もないデマだな）と、フィーマは思った。

彼はニーナを立たせ、濡れたキモノを拾いあげて彼女の肩に掛けてやった。ニーナはおとなしく、されるがままになっている。

「アーリクは、死んだんだよ」

もう何度も繰り返した言葉を口にしたとき、フィーマはふと、アーリクがもういない新しい世界に、少し慣れた気がした。

ニーナは澄んだ瞳でまっすぐにフィーマを見つめ、微笑む。疲れてはいるが、悪戯っぽい表情をしている。

「アーリクが元気になったの、あのね……」

フィーマはニーナを寝室から連れ出した。ワレンチーナは既にニーナのカクテルを用意していた。ニーナは飲み干すと、誰に向けるともなく愛想笑いのような笑みを浮かべた。

「アーリクが元気になったの、知ってる？　自分でそう言ったのよ……」

ジョイカが笑い声のような音を発し、慌てて口を押さえてキッチンへ走っていった。階下で建物の入り口のベルを鳴らす音がした。ニーナは安楽椅子に座り、明るく恍惚とした表情で、マドラーでくるくるとグラスの中の氷を回している。

まさにオフィーリアだ。最も優れた自己防衛の方法は、強いボクサーなら知っているように、何も知ろうとしないことだ。これでいい、アーリクは彼女を置いてどこへも行きはしない。元々ニーナは現実離れした世界に住んでいて、アーリクはいつも彼女の狂気を包み込んで隠してやっていた。『ハムレット』の作中にもあるように、この狂気は「狂気なりに理に適っている」のだろう。もはや自分にできることはなにもないと感じたイリーナは、はやくこの場から去りたいと感じた。

イリーナは階下に降りた。マイカはいない。娘を見失ってしまったイリーナは、のろのろと動く車の波間を縫って道を渡り、カフェに入った。

察しのいい黒人のバーテンダーが、

「ウイスキーでいいね」

と言い、すぐさまグラスを差し出す。

（ああ、そりゃあここの人だもの、アーリクの友達よね）イリーナはそう思い、向かいの建物を指差しておもむろに、

「アーリクが死んだの」

と言った。バーテンダーはすぐに、誰の話か分かった。彼はじゃらりと金属音をたててシル

バーの指輪やブレスレットをはめた陶土のような両腕を掲げ、ジャマイカ出身の黒い顔にしわを寄せ、聖書の言葉を唱えた。

「神よ、なぜあなたは最良の人々を連れ去ってしまうのか」

それから、丸みのあるボトルから自分用に飲み物を注いで瞬時に飲みほすと、イリーナに向かって、

「ねえ娘さん、ニーナはどうしている？　彼女にお金を渡したい」

と言った。イリーナはもう長いこと「娘さん」などと呼ばれたことはなかった。

その瞬間、彼女はハッとした――アーリクは、亡命などしなかったようなものだ。彼は身の回りの環境をすべて、ロシアにいた頃と同じように作り上げていた。そもそもあの頃のロシアなどという世界だって、もうずいぶん昔になくなっているのに。あったかどうかも定かではないほどに……。暢気で、無責任な人。ここの人々はそんな風には暮らしていないはずだ。ううん、世界のどこだってそう。いったい彼のあの魅力は、私の娘まで夢中になったあの魅力は、どこからくるのだろう。あの人は誰に対しても特別なことなど何ひとつしていないのに、みんながあの人のために尽くそうとする……。分からない。どうしてなの。どうして……。

イリーナは席を立ち、カフェの奥に行って公衆電話にカードを入れ、長い番号を押した。ハリスの自宅の電話は留守電になっていたが、事務所のほうは秘書が出て、いつもと同じ有能ぶった口調で受話器を取り、博士は取り込み中だと伝えた。

「今すぐ取り次いで」

イリーナはそう言って名を名乗った。ハリスはすぐに電話に出た。

「時間ができたの、ウィークエンドにはそっちへ行けるわ」

「分かった。到着の日時が分かったら電話してくれ」

ハリスは多少そっけない声で答えたが、イリーナは彼が喜んでいることを知っていた。

赤みのある乾燥した顔、綺麗に整えた口髭、手入れの行き届いた、鏡のような禿げ頭……ソファー、グラス、レモン……時計で計ったみたいにぴったり十一分の愛の時間、――そのあと、毛深く厚い胸に頭を預けたときの、絶対的に守られているという安心感……。本気の関係だから、最後まで漕ぎつけなくては……。

17

無論、過去は変えられない。いや、変える必要などないのだろう……。

イリーナはボストンでの公演を終えると、ホテルへは寄らず空港へ直行した。その場で航空券を買えば、二時間後にはニューヨークだ。時は一九七五年。飛行機代を払ってしまうと残金はロシアからズボンのポケットに入れて持ってきた四百三十ドルだけだ。ポケットに入れておいたのは正解だった。サーカス団もここでは現金を渡さず、最終日に買い物用の小遣いをくれることになっていたが、もはや待つ余裕はない。

飛行機に乗り込み、腕時計に目をやる。問題が明るみに出るのは今夜ではなく明日の朝だろう。今日はリーダーたちがあのボロ宿を駆けずり回って各部屋をノックし、最後にイリーナを見たのはいつだと皆に訊くだろう。誰が処分されるかしら、部長はきっとクビになるわ……。父はもう年金生活に入っていてちょっとした商売もしてるみたいだし、うまくやれる。母は賢いもの、きっと喜んでくれる。母さんには明日電話しよう。首尾は上々、なんにも心配ないよ、って言おう……。

ニューヨークに着くと、現地サーカスのマネージャーとして働いているペレイラに電話をした。ペレイラは力になると約束してくれていたが、留守だった。後から知ったところによると、このとき市内にいなかったらしい。しばらくいなくなることをイリーナに伝え忘れていたのだ。もうひとつ手元にあった番号はレイという青年のもので、三年前にプラハのフェスティバルで知り合ったピエロだ。彼は家にいた。イリーナは自分が誰だかを一所懸命に説明した。レイは明らかに思い出せないようだったが、うちでいいなら来ればいい、と言ってくれた。

ニューヨーク最初の夜は、奇妙な夢のようだった。レイはグリニッチ・ヴィレッジにある小さなアパートに、恋人の男と一緒に住んでいた。ドアを開けたその彼は背が高くスマートで、女物の水着を着ていた。二人とも気立てのいい若者で、親切にしてくれた。レイがイリーナを覚えていないのはもちろん、プラハに行った記憶さえ曖昧だと打ち明けたのは、後になってからのことだ。

ブータン（というのがレイの彼氏の名前なのか苗字なのかそれともニックネームなのか、イリーナには最後まで分からなかった）は、もう五年もアメリカに不法滞在していたので、イリーナの突飛な行動もさほど突飛とは思わなかった。ちょうど二人ともお金もなければサーカス団との契約もなく、どうやって家賃を払おうかと思案していたところだった。次の朝、三人はイリーナのお金で家賃を払い、働きに出かけた。仕事場は、セントラルパーク。レイとブータンの言う通り、イリーナの仲間入りのおかげでこの仕事は軌道に乗る。

最初の数日、イリーナはただシートを敷いてそこでアクロバットをしていたが、そのうち端切れで五体の人形を作り、それを両手両足と頭にはめてパフォーマンスをするようになると、収入はぐんと上がった。イリーナは慎ましやかに居間のソファーのクッションを三つ並べてそこで寝起きし、二人の性生活を妨げないようにした。ところがしばらく暮らすとブータンがイリーナに言い寄るようになり、レイが気づいて神経を尖らせていた。三人のバランスは、崩壊寸前だった。イリーナはまだ二人と一緒にパフォーマンスを続けていたが、早く他の仕事を探さなければいけないのは、もはや明白だった。それでもやはり二人ともいい青年だったし、彼らのおかげでイリーナは安心できた。ずいぶん思い切った行動に出てしまったと思っていたけれど、この二人と一緒にいると、自分みたいな人間はアメリカの人口の半分くらいはいるんじゃないかと思えた。

そんな八月のある日、イリーナはセントラルパークにある小さな動物園の入り口付近でパフォーマンスをし終えた瞬間、不意にアーリクに抱きしめられた。アーリクは二十分も前からそこで、イリーナの力強い腕や足が繰り広げる楽しい演目を真剣に眺めていたのだ。

その二十分後にはイリーナは、当時はまだ間仕切りで区切られていなかったアトリエにいた。アーリクはアメリカで暮らして二年が経った頃で精力的に働き、絵もよく売れていて、朗らかに自由に順調な亡命生活を送っていた。そして彼はイリーナを——小生意気な人間の顔をしたすばしこい小動物のような彼女を見つけ、思った。おれに足りなかったのは彼女だ、と。

別れてから七年の年月が経っていた。今ではそれがまったく無駄な時間のように思われ、二人は失われた言葉を、仕草を、動作を、一刻も早く取り戻そうとした。一日が二十四時間では足りず、辺りはガラスのように澄み渡り、足元はふわふわとして地面がないような気がした。

あるとき深夜、家に帰る途中に二人は豪邸の前に捨てられた白い巨大な絨毯を見つけて拾い、かなり苦労してアトリエまで運んだ。そして今、イリーナは彼女にとってはごく自然なヨガの蓮華座のポーズでその絨毯に座り、英語の文法書を読んでいた。文法から始めたほうがいい、と言ったのはアーリクだ。イリーナは言われたとおりに、文法書を丸暗記した。アーリクはざくろを描いていた。家じゅうがざくろで溢れている。薄紅色のもの、深紅のもの、干からびたもの、赤茶けたもの、半分に割られたものや、腐りかけのもの。それから、真っ赤なジュースを搾《しぼ》った後の、ざくろのミイラ。

当時アーリクの描いていたざくろは、ひとつだったり、ペアだったり、数個のまとまりだったりし、それらが互いに交わり、補い合っていた。そしてその単純な操作を繰り返すうち、アーリクはこれまで存在しなかった数を発見するようにも思えた。例えば、七と八の間のまったく新しい数字を……。

イリーナはアトリエで八十八日を過ごした。食事をとり、お喋りをし、抱き合って、生ぬるいシャワーを浴びて――というのはあのときも猛暑で、水道管が温まっていたからなのだけれど、とにかくそのすべてが幸福――というより、幸福な日々のほんの始まりのように思えた。終わりなど、とても想像できなかった。夜毎ジョプリンの曲が流れていた。

イリーナの硬い唇が、柔らかな丸みを帯びるようになった。妊娠してるんだ、と気づくと、頭の先からつま先まで生理学的な幸せに包まれた。アーリクはまだ知らなかった。

それを知らされる前から、アーリクは自分でもこの状況をどうしたらいいのか分かってはいなかった。彼は元々、ニーナを待っていたはずだ。アメリカに来る前に離婚はしたものの、それが決定的な別れになるのかどうかは分からなかった。ただ、ニーナの父親は絶対に彼女を外国へ行かせなかったし、アーリクは亡命を固く決意していた。アーリクがいなくなった後、元々精神の弱かったニーナは自殺未遂をする（人生で二度目の自殺未遂だ）。そして精神病院に入り、そこからアーリクに電話をかけた。何度も、何度も……。その後ついにアメリカ人を見つけて形式上の結婚をし、形式上の夫の故郷に永住をする許可を求めて奔走した。こういった手続きは、ときには数年を要することがあった。

アーリクが赤みのある細長いメロンにナイフを入れ、メロンがパカッと二つに割れたその瞬間、電話のベルが鳴った。ニーナが幸せいっぱいの声で、書類が揃ったからもう航空券を買ったのだと話した。

「さて、この状況をどうしたらいいものか」

アーリクは受話器を置いて言った。

イリーナにとってその話は、完全に不意打ちだった。

「彼女は、おれが居てやらないとだめなんだ。すごく弱いところがあってね……」

アーリクから見たイリーナは、強い女だった。屋根の縁を逆立ちして渡ることもできるし、目上の人も政府も恐れない……。だから彼はこういう決断に出た。知り合いに頼んでスタテンアイランドにイリーナの部屋を借り、少しずつ、自分が陥った馬鹿げた出口のない状況から抜け出そうと。けれどもアーリクは肝心なことを忘れていた――イリーナのプライドの高さは、数年前と少しも変わっていなかった。ニーナが渡米してくる一週間前、知り合いにも話を通し準備はできたという時になって、イリーナはアーリクの元を去った。そのときは、二度と戻らないつもりで……。

18

イリーナはカフェを出て立ち止まった。どこへ行こう。家に帰ったほうがいい。マイカはもう家にいるだろう。アトリエの玄関口の「駐停車禁止」の看板の目の前に、屋根にクーラーを搭載したバンが停車し、作業着姿の二人組が出てくる。それから三人目の、禿げたチャーリー・チャップリンのような男も降りてきて、鞄を持ってせかせかと後に続く。

「遺体搬送車だわ」イリーナは思った。「帰ろう。一刻も早く帰ろう」

フィーマが葬儀屋を迎えた。うまく運び出せるようにと思い、彼はワレンチーナに、

「ニーナを抑えておいてくれ」

と頼んだ。

だがニーナはまったく止めようとしなかった。彼女は白いぼろぼろの安楽椅子に座って、薬草がどうとか、神様の力だとか、アーリクの気質だとか、よく分からないことをぶつぶつと呟いている……。

寝室に、二人の強健な男と、小柄な男が入っていく。こんなコミカルな三人組が来たのにアーリクがもうそれを見て笑えないとは、残念だ。

フィーマが葬儀の詳細について話している間に（チャップリンは三人のまとめ役のようだった）、二人組は鞄から丈夫そうな合成樹脂の黒い大きな袋を出し、夜になると通りに山のように捨てられるゴミ袋にも似たその袋に、鮮やかな手さばきで素早くアーリクを入れた。まるで、スーパーで買った物を袋に詰めるように。

「ストップ、ちょっと待ってくれ」フィーマは二人を止めた。「奥さんに見せないようにする

から」

そして、アトリエに座っていたニーナをキッチンへ連れて行った。ニーナはまたおとなしくついてくる。フィーマは彼女を優しく支え、不精髯のはえた頬でニーナの細い、針でひっかいたような細かい皺のある首に触れ、

「ニーナ、何か欲しいものはあるか？　マリファナを買ってこようか？」

と訊いた。

「いい、吸いたくない。それよりお酒をもう一杯……」

フィーマはニーナの手首をとり、三十秒ほど握った。

「じゃあ注射を打とうか。いい注射があるから」

言いながら、彼はニーナを少しでも休ませるためにはどんなカクテルを作ったらいいだろうかとあれこれ考える。

フィーマがその広い背中でキッチンのドアをふさいでいる間に、ドアのすぐ向こうを葬儀屋が黒い大きな袋を抱えて出て行く。まるで古くて使い物にならなくなった廃棄物を運ぶように。

葬儀屋がバンのバックドアを開けて黒い袋を入れるころには、イリーナはもう地下鉄の駅に向かって歩いていた。

フィーマに注射を打たれ、ニーナはさっきアーリクが連れていかれたばかりのオレンジのタオルケットの上で翌朝まで眠る。不思議なことにアーリクはどこかと訊くわけでもなく、眠るまでのその僅かな時間、ただ時々優しく微笑んで、

「あなたたち、いつも私を信じないのね、でも言ったでしょう、治るって……」

と繰り返していた。

人はどんどん増えていった。多くはアーリクの死を知らずに、なんとなく訪ねてきた人々だ。アーリクには知り合いがたくさんいて、この巨大な街のロシア系ユダヤ人グループの人も、そうではない人もいた。ローマで友達になったというイタリア人歌手もいた。向かいのカフェの店主も来て、本当に小切手を置いていった。リービンは古き良きロシアの慣習通り、お金を集めていた。モスクワ出身という数人組のうち、一人はアーリクに宛てた手紙を持ってきて、一人は旧友だと名乗った。誰も知らない路上アーティストもいる。パリからも、ヤロスラヴリからも電話がかかってきた。

ヴィクトル神父は死の直前の洗礼の話を聞くとおお、と小さく言って手を合わせ、頭を振って、それから、

「すべては神の御心です……」

と言った。敬虔なる正教徒として、ほかに言えることは何も無かった。

葬儀前日の朝、ヴィクトル神父は愛車のクラシックカーでニーナを迎えに来て、教会へ連れて行った。礼拝のない日だったので、教会内には誰もいない。神父は、神父不在で洗礼を受けた人間に対し、今度はその人間が不在の葬儀を執り行うことになった。神父はよく響く低い声で、これまでこの場合のために考え出された最良の言葉を尽くして祈った。ニーナは喜びに満ちて天使のような美貌に輝き、その後ろにはワレンチーナがろうそくを持って立ち、埃の舞う

空気のなかで天窓から降り注ぐ光の束に照らされながら、人の夫に対する罪深い愛をそっと解き放った。

がらんとした埃っぽい教会内に響く祈禱の最後の余韻が消えたとき、ワレンチーナはヴィクトル神父の手から土を包んだ四角い包みと祈禱の言葉が書かれた白いリボンと、小さな紙製のイコンを受け取った。棺に入れるために。

それからワレンチーナはふらつくニーナの腕をとり、タクシーに乗せてやった。ニーナはまるでロールスロイスに乗ってバッキンガム宮殿へでも出かけるような優雅さで、小さな頭を傾けて肩を揺らし、黄色いタクシーの擦り切れた車体に乗り込んだ。

(可哀想に……) ワレンチーナはため息をついた。(私は本当にあんなに長い間、彼女を憎んできたの……?)

19

葬儀屋を経営するロビンス家は、前世紀まではラビノヴィチという姓を名乗っていたのだが、商業主義とヒューマニズムの精神が相まって、ここ五十年の間に不屈のユダヤ教精神などどこ吹く風とばかりに異教に寛容な方針をとるようになり、元々「ユダヤ葬儀協会」だった社名を単なる「葬儀屋」にして四つの会場を作り、どんな宗教でも、いかなる変わった形式でも葬儀ができるように取り計らうようになっていた。例えば先週など、ロビンスは会場のひとつに映画のスクリーンを取りつけ、そこで故人の遺言通りに、遺体を安置したその目の前で、本人の舞台での活躍を記録した三時間のドキュメンタリーを親族や友人のために流した。故人はタップダンサーだった。

アーリクの葬儀は比較的質素だった。宗教的儀式は一切なしで、墓碑もなく（ロビンス葬儀屋には立派な大理石加工工場もあったのだが）、ただ、ユダヤ人墓地のなかでは最も高価な土地を購入した。とはいえその場所は充分な通路もない、区画のいちばん端だったが。

葬儀は三時からで、十分前には会場前のホールがいっぱいになった。従順に家業を継ぎ、経済的成功を収めた四代目のロビンスは、東部地中海周辺にいそうな風貌の、顔立ちの整った老人だった。彼は集まった人々を眺め、いささか混乱した。日頃から葬儀に参列した人々を見れば故人のことはすべて分かると思っていたし、そういった心理的な遊びが自分の職業の最大の魅力のひとつでもあると考えてきた。ところが今回は故人のおおよその資産もすぐには見当がつかなかっただけでなく、故人がどういった民族に属すのかさえ判断に迷った。親族がユダヤ人区画に墓を買ったのだから答えは明白なはずなのに、それでも疑問が生じたのである。

参列者のなかには、ユダヤ人の葬儀では通常まず見かけない、黒人の姿があった。風貌からすると音楽関係の人々のようだ。そのうち一人の老人には、ロビンスも見覚えがあった。有名なサックス奏者だ。名前は思い出せないが、確か雑誌の表紙かテレビで見たことがある。ラテンアメリカの先住民も数名いる。白人の構成も様々だ。正統派ユダヤ教徒らしい夫婦。いかにもアングロサクソン人らしい数人は、金持ちの画廊の経営者らしい。ロシア人も様々で、小綺麗なのもいるが、詐欺師にしか見えない、おまけに酔っぱらった者もいる。ロビンスはロシアから移住したユダヤ系アメリカ人の四世だったが、ロシア語も分からなかったし、その危険な国と危ない人々へのロマンチックな慕情もずっと昔に失っていた。

「じつに奇妙な顧客だ」ロビンスは考えた。「おそらく故人は演奏家だろう」

ロビンスはわざわざ業務用通路から迂回して会場に入り、通常とはなにかが違う故人を眺めに行きさえした……。

三時ちょうどに、ニーナが来た。みんながハッと息をのみ、それからため息をついた。黒い絹の帽子の下、たっぷりとしたヴェールの下から、金と銀の壮麗な長い髪が広がっている。丈の短い黒のワンピースの上から、やはり黒の、透明感のある絹のマキシ丈コートを羽織り、もう流行遅れになった厚底で面取りのヒールのついた靴を履いている。

画廊主の二人は唸り声を上げ、一人がもう一人に耳打ちした。

「シャルル・ウォルトのウエストか。世界ファッション史上最高のデザインだ。比類ないね。アーリクの好みは超一流だな。彼がもしファッションデザイナーだったら、我々の手元に残っていたのは、わりにありがちな絵画などではなく、素晴らしい服飾コレクションだったかもしれない」

「素晴らしいモデルだ」二人目はニーナを評価した。「私は三年前から彼女に目をつけていた」

「しかしもう歳だ」

一人目が残念そうに言った。

水色のシャツの脇の下に左右対称の汗を滲ませたフィーマは、素足にサンダルという格好でニーナをエスコートしながら彼女への強い哀れみの念と、素人演劇のような役回りを演じる破目になってしまったことへの嫌悪という、相容れない二つの気持ちを抱えていた。おまけに彼は、葬儀の金をかき集めるために奔走したこの二日間というもの、随所でさんざんな目にあって疲弊していた。

ニーナは「黒衣の花嫁」のようでもあり、「サティー」のようでもあった。サティーというのはインドで、夫を焼く火葬場の炎に身を投げて焼身自殺する妻のことだ。アーリクが死んだときから、彼女の頭の中にずっと、ふたつのことが回っている——アーリクは元気になった、ということ。アーリクはもういない、ということ。普通の人間の頭には、同居し得ない二つの理解。けれどもニーナの長い首の上に飾られた小さな頭の中では、ずいぶん前から何もかもが万華鏡をくるくると回してできる模様のように混在していて、互いが互いの邪魔をせず新しい秩序に従うように、綺麗に収まっていくのだった。

ここ数日というもの、「永眠」「お亡くなりに」「葬儀は」といった言葉が、絶えず彼女の周囲を飛び交っていた。けれどもそういった言葉は見えない防壁に阻まれるように耳に入ってこなかったし、頭の中に描かれた模様には、そんな言葉の居場所はどこにもなかった。

そうしているうちになぜか、この場所へ連れてこられることになった。アーリクに関係する催しらしい。アーリクはニーナが綺麗な格好をすると喜ぶ。だからニーナは懸命に支度をし、アーリクのためにお洒落をした。

人々のなかを歩くニーナの目には、誰も映らない。左手に持った黒い光沢のある丸いハンドバッグを胸元に押しつけ、右手には百合の太い茎を持っている。白と黄緑の誇り高い花が、ニーナの透けるようなコートの裾に触れる。

みんなニーナを見ると、さっと道をあけた。ニーナが近づくとドアは開かれ、彼女は歩みを緩めることなく会場へ入っていく。扇形になって、あとの人々が続いた。花を持ったたくさんの人々。その数は普段同じ会場に集まる人数よりだいぶ多かった。

正面には棺台があり、そこに巨大な香水のパッケージのような白い箱があって、その中には綺麗に化粧を施された赤毛の青年の人形が寝ている。小さな顔に、小さな口髭をつけて。テレビのアナウンサーのような風貌の初老の男が口を開きかけたが、ニーナは無視して進んだ。男は型破りな未亡人に押しのけられて明らかに不満そうな顔をしたものの、黙って脇に避けた。

ニーナはヴェールを上げて身を屈め、なにで作られたのかよく分からない下手な塑像をじっと見つめると、ふと悟って、小さく笑った。

「アーリクの代わりね」

と、ニーナは思う。

彼女が顔を上げたとき、近くに立っていた画廊主たちは気づいた——中央でまっすぐに分けられた彼女の髪の分け目から、すっと丁寧に描かれた細い黒い線が顔を縦断し首を通り、ワンピースの深い胸元へと続いている。

「クールだな」

と、一人がもう一人に言った。そのとき、

「お集りの皆様」

と、司会が儀式ばった声をあげた。こういうことは海の向こうの火葬場と同じで、その呼びかけは彼の地にある形だけの火葬炉の前で田舎っぽいポリエステルの黒いワンピースを着た太ったおばさんがいつも発している、葬儀場の無意味な言葉の逐語訳に等しかった（戦後ソヴィエトでは火葬が広まったが、葬儀場に併設された火葬炉は形式的なものが多く、遺体は別の場所で焼かれた）。

棺は会場の従業員によって霊柩車で運ばれることになっていた。しかし墓があまりにも密集した場所にあったため、最終的には人力で運ばなければならず、それも他人の墓の上をまたぐような形でしか辿り着けなかった。あと三十メートルほどのところで小道は突然なくなり、足の踏み場があるかないかという場所を踏んでいかなければならない。まず男たちがつま先立って先に行き、事前に掘ってあった穴の前で待機しているところへ、その白い小舟は手から手へと渡されて、最後の停泊地へと進んでいく。小舟は頭上で危うく楽しげに揺れる。八月の灼けつく太陽が、不意に海風を運んでくる。掘ったばかりの穴の横には鮮やかなピンクの籠に土がこんもりと盛られ、その傍ではニーナが他人の墓石の台の上に立っていて、風が彼女の黒い衣装をなびかせ、色褪せた高貴な髪を船の帆のように膨らませていく。

イリーナは人混みの中心にいた。アーリクにはもう、ずっと昔に別れを告げていた。今、気がかりなのはそうじゃなく——父親を、子供に引きあわせたことについてだ。特になにもしていないのに、二人は自然と互いを見つけ合った。ただ、戻るあてのないお金をずいぶんと渡したけれど。この墓にしたって、かなりイリーナのお金が使われている。仕方ない。娘には大好きな父親がいて、これはその父親の墓なのだから。イリーナは苦笑いをした——すべてを赦したけれど、なにもかも忘れはしない。私が低所得者用の病院で娘を産んでいたとき、あなたはニーナとの蜜月を過ごしていた。ニーナだけじゃなく、もしかしたらそこの仔牛みたいなワレンチーナとも……。半歩下がって、けれどもそっと寄り添うように、自分の場所を心得ている女。本当は計算高い悪女なのか、それともただ人の好いおばさんなのかしら……。やあね私、こんなに性格が悪くなって。アーリク、アーリク、ひょっとしたら、すべては違っていたかもしれないでしょう。でも、そうはならなかった……。ううん、これでいいの！

墓地の僻地ともいうべき柵際の区画では、墓標は縦に空へと延びていた。ひとつの横たわったプレートの周囲に、その親族らしい墓標がいくつも、片足立ちをするように所狭しと連なっている。粘土板に葦の茎で刻まれた頃から変わらない角ばった無骨な文字が、出生地が垣間見える不釣合なゴシック様式の英語に交じって並び、とうにこの世を去った人々の好みを現世に伝えている。

閉じられた棺が隣の墓の上に来たとき、ロビンスが奇妙な故人に敬意を示すべくやってきて、指揮者のような仕草で、棺を降ろせと合図した。ワレンチーナがニーナになにか囁き、ニーナは丸いハンドバッグから包みを取り出す。そして中に入っていた砂を、まるでスープに塩を入れるような手つきでパラパラと落とし、唇を小さく動かしてなにか呟いた。作業員が二人、シャベルを持って準備万端の状態で待機していた。

「待ってください、待ってください！」

突然、小路のほうから声が響いた。

人々の背後で、なにやらよく分からない動きがあった。どよめきが起こり、なにやら押し合いへし合いやっている。ついにみんなを押しのけて現れたのは、意気込んだ様子のリョーヴァ・ゴットリープだ。後ろからぞろぞろと顎鬚のユダヤ人がついてくる。十人ほどだろうか。マイクロバスを降りた後、それぞれ会場があるはずだと思う方角がてんでバラバラだったため墓地内で道に迷い、揃って遅刻をしたという。歩きながら祈禱用の布をかけテフィリン（経礼。聖句の書かれた羊皮紙が入った小箱。額と左腕につける。）を身につけ、男たちをかきわけ女たちの足を踏みながら追悼の祈りを捧げ始めた。

「神の大いなる名よ、御身が死者を蘇生させ永遠の命を与え給うそのときにまた創られる世界において崇められ輝かんことを……」

彼らは高く哀しい声で挽歌を歌い上げたが、その場にいたロビンス以外の人々にはほとんどその古めかしい祈りの言葉の意味は分からなかった。

「どっから古代ユダヤ人が湧いて出たのよ」

と、ワレンチーナはリービンに訊いた。

「見れば分かるじゃないか、ゴットリープが連れてきたんだろう……」

本当は、レブ・メナシェが「囚われの子」を思いやって取り計らったのだが、そのことは、彼らには最後まで分からなかった。

ワレンチーナは、絵に描いたようなユダヤ人の一団がなんだか信じられず、この人たちはひょっとしてブライトンビーチあたりの小劇場の役者なんじゃないの、などと考えた。そして（アーリクに訊いてみなきゃ……）と考えた瞬間に、たくさん、ほんとうにたくさん訊きたいことがあるのに、もはや訊く相手がいないのだ、と思い知る……。

追悼の祈りは長くはなかった。祈りを終えた先頭の者たちは墓から離れていき、後ろの人々が順に前へ出る。花の山はどんどん積み重なり、もうニーナの腰のあたりまで来ているが、ニーナはそれをまだひとつひとつ丁寧に置いては撫で、微笑みを浮かべ、小さな家か廟でも作るように大切に並べていく。その姿を見て今度は大多数の人々がやはり、歳を重ねたオフィーリアのようだと感じていた。

人々が後ろへ下がった後で、ユダヤの男たちは掛けていた祈禱用の白い布を外して黒衣を灼けつく陽にさらし、最後までその場に残っていたが、ニーナは彼らを待って、これから家で供養の会をするから来てほしいと頼んだ。するといちばん年長の、禿げた頭にテープで直接キッパーを貼りつけた男が、痩せた両腕を顔の高さまで持ちあげ、黄色い指を不器用に広げて悲しそうに言った。

「お嬢さん。ユダヤ人の間では、人が亡くなったときはシヴァといって床に座って喪に服し、食事制限を行うのです……、しかしウォッカを一杯いただくのは、やぶさかではございませんが……」

そうして湯気の立ちのぼる黒衣を着た彼らは、青い文字で「シオン寺院」と書かれた白い車体のマイクロバスに乗り込んだのだった……。

20

マイカとジョイカは葬儀場には行かずにアトリエにいた。マイカはセッティングをしていた。まず古い絵を引っぱり出して、積もり積もった二年分の埃を払い、どこに掛けるかを考える。突然目が開いてものが見えるようになった生後七日目の仔猫のように、マイカはアーリクの絵が分かるようになっていた。この絵はこっち、これはその隣、これは上のほう、これは外して……と、迷って決断をする必要などなく、ただ見るだけで、どう置いたら効果的に綺麗に配置できるかが分かる。

(よし、将来は芸術研究を専攻しよう) 先週はチベット仏教にその身を捧げるつもりだったことをすっかり忘れて、マイカは考えた。

個人的には中小サイズの絵が好きだが、正面には大きな絵も飾ったほうがいいと判断してジョイカとリューダを呼び、五年ほど壁に向けて立て掛けたままだった三メートルのキャンバスを壁に掛けてもらった。そこには、ひたすらに様々なものが描きこまれている——秋の祭りが描かれ、葡萄や梨やざくろや、踊る女や子供たちが描かれ、ワインの入った壺が、遠くの山々が描かれ、天幕のなかに入っていく人が描かれている……。

リューダはチーズとサラミを切り分けてサラダを作り、ジョイカはゆっくりと物憂い足どりですべての席に使い捨ての食器を置き、亡命者の店で買ったロシア系ユダヤ風の家庭料理を並べていく。ニシン、ピロシキ、魚のゼリー寄せ、ロシア人はオリヴィエと呼んでいるけれどロシア以外ではロシアサラダと呼ばれているあのサラダ……。

そこへ全員が一度に、大挙して到着した。荷物用のエレベーターが三度に分けて人々を運ぶ。五十人近い人がボロ板を継ぎ合わせて作った大きなテーブルに着き、残りの人々はグラスやお皿を手に持ったまま、アメリカ風の立食パーティーのようにうろうろと歩いている。だが不思議なことに、これだけの人数が集まったその場には、ぽっかりと穴が開いたような空白感が漂っていた。

ワシントンの画廊主たちも来ていた。彼らは個展を見るようにアトリエを歩き回り絵を検分していたが、その顔は不満げで、僅か十分後、人々がまだ献杯もしないうちに、ニーナの手にキスをして帰ってしまった。

イリーナはげんなりしながらその様子を見つめていた。あの人たちとは、もう一悶着残っている。結局、アーリクにお金も払わなかったし、絵も返してもらっていないのだから……。

結婚式や葬式となるとその作法を知り尽くしている人物が一人はいるものだが、ファイーナがまさにそうだった。彼女は小さなグラスにウォッカを注ぎ、その上に黒パンを載せて皿の上に置き、

「アーリクに」

と言った。正しいやり方だ。

追悼を待つ場らしい静かな騒《ざわ》めきが起こっていた――大声で話す者はなく、聞き取れるような言葉もない。ただ静かに囁く声やグラスの触れる音、ウォッカを注ぎ合う音が響く。

入り口の近くには、マイカが立っていた。蒼白い顔で唇を腫らし鼻先を赤くして、オレンジと黄色の文字が描かれた、黒いTシャツを着て。ポケットの中ではずっと、汗ばむ手でプラスチックのケースを握りしめている。ついに、これをみんなの前に出す日がやってきたのだ。

ニーナは白い安楽椅子の肘掛に腰かけていたが、安楽椅子には誰も座っていなかった。そしてフィーマが立ちあがり、グラスを掲げて口を開こうとしたそのとき、

「みんな聞いて!」

と、マイカが叫んだ。

イリーナは唖然とした。娘の奇行には慣れていたけれど、人前で大声を出せるような子では絶対になかった。

「聞いて! アーリクに頼まれたことがあるの!」

みんなが一斉にマイカのほうを見た。マイカはリトマス試験紙が反応したみたいに見る間に

真っ赤になったが、すぐその場にしゃがんで、いつも通り床に置いてあったカセットデッキにテープを入れた。するとその瞬間ほとんど間をおかずに、アーリクの明朗でよく通る声が響いた。

「みんな！　お嬢さん方、うさちゃんたち！」

ニーナは両手で肘掛をぎゅっと摑んだ。アーリクの声は続けた。

「おれは、ここにいるよ！　さあ、酒を注いでくれ。酒を飲んで肴をつまもう。いつもみたいに、普段どおりに！」

こんなにも簡単な機械で、アーリクは一瞬にして永遠の壁を崩し、晴れることのない霧に包まれた彼岸から、ぽんと小石を投げてきた。決して誰も逆らうことのできない法則に逆らい、魔術も使わず、黒魔術師や霊媒師の力を借りるでもなく、揺らぐ小机や動く食器に頼るでもなく……。ただ思いのままに、愛する人々に手を伸ばしたのだ。

「さて、頼むからわんわん泣いたりしないでくれよ！　大丈夫だから！　当然のことだから！　いいか？　分かったな？」

ジョイカがわっと泣きだした。ニーナは軽く目を見開いたまま硬直している。女たちはアーリクの頼みをよそに、揃って涙を流した。男も、泣くことのできる者は泣いた。フィーマはポケットからハンカチ代わりに使っているチェックの布きれを出して鼻をかんだ。

アーリクは、まるでその様子が見えたかのように続ける。

「なんだみんな、さっぱり冴えないな。さあ、おれのために乾杯してくれ！　ニーナ、ほら、おれに乾杯だ。始めよう！　マイカ、いったん再生を止めてくれ」

しばらくの沈黙。マイカはすぐにはテープを止めず、再びアーリクの声が、

「飲んだか？」

と確認するのを待ってから止め、少し巻き戻した。

人々は立ちあがって、グラスは合わせずに酒を飲みほした。人が死んだ後に訪れる途方もなく大きな空白が、満たされていた。それは偽りだった——けれども驚くべきことに、本当に、満たされていた。

イリーナはドアの枠にもたれて立っていた。彼のための涙は、既に流しきってしまっていた。けれどそれでも、心にひっかかるものがあった——あの人のどこがそんなに特別なんだろう。みんなを愛していた？　でもその愛ってなんだったの？　優れた画家？　だけどそんなの、今の世の中でなんの意味があるっていうの。売れなければ、だめな画家じゃないの……。人生の芸術家なのかもしれない。あの人は芸術的に生きていた……。それに比べて私は、なんのために好き好んで難しい仕事をして、なんのためにこんなにお金を稼いでいるんだろう。なんて非芸術的なんだろう……。あなたが居なかったせいかもしれない。でもあなたは、いったいどこにいたの？

「飲んだか？」もう一度アーリクの声が響いた。「心からのお願いがある。みんな、しっかり飲んでくれ。とにかく、悲しそうな顔をしないでほしい。踊ってくれたほうがいい。ああそうだ、リービンとフィーマに言いたいことがある。いいかお前ら、今日仲直りしなかったら承知しないぞ。たったこれだけしかいない、仲間じゃないか。おれのために酒を飲んで、ついでに

その馬鹿げた喧嘩を終わらせてくれよ!」

リービンとフィーマはテーブルを介して互いの顔を見つめた。幼少の頃、すぐ近所に住み同じ公園で遊んでいた二人は、今頃アーリクにそんなことを言われて可笑しくて微笑んだ。二人はこの劇的な数ヶ月を経て、元の仲に戻っていた。ほかのみんなと一緒に共に心を痛めながら、戦車を、銃撃を、モスクワのクーデターを見守っている間に、それぞれが誰にともなく発した言葉は、互いに向けられたものではないにせよ必要な方向へ向けられていることが伝わり、長年の敵対心をすっかり散らしていた。

「グラスは合わせないのよ!」

ファイーナが大きな声で注意した。

「待ってくれ、紙コップからグラスに注ぎ直すから」

コップが荒っぽくぶつかり、鈍い音をたてた。

「元気にやれよ、毛むくじゃら」

「そっちもな、前掛け」

それは、ずっと昔のあだ名だった。そう、確かに「前掛け」と呼ばれていた医療用具入れがあった。骨ボタンのついた白いバッグを、胸の前に括りつけていたのだ。忘れかけた遠い昔——終戦直後のハリコフにいた頃の話だ。

「ありがとうとは言わないぞ、そんなありがとうはないからな。おれは、みんなが大好きだよ。特に女の子たち。おれはこの忌わしい病気に、感謝しているくらいだ。これがなきゃ、みんながこんなに……いや、馬鹿なことを言ったな。うん、いつだって分かっていたさ。みんなに乾杯しよう。ニーナ、しっかりしろよ。マイカ、おまえに乾杯だ。ワレンチーナにも。ジョイカにも。ピロシコワにもよろしく、愛してるって伝えてくれよ！　ファイーナ、うさちゃん、サンキュー、いい写真を撮ってくれて！　ネリカ、リューダ、ナターシャ、みんなみんな、乾杯だ！　男どもにも乾杯だ。元気でな！　ああそうだ、それからこれが言いたかったんだ——陽気にやってくれよ。これで終わりだ。おしまい」

軽やかな音をたてて、テープは回り続けた。もう声は聞こえないが、ヒューヒューと少しかすれた息遣いは聞きとれる。誰も酒に手をつけず、グラスを片手に黙って立ち尽くしたまま、その苦しそうな息に耳を澄まし、これを録音している間も開け放たれた窓の下で演奏していたらしい、切れ切れに聞こえてくるパラグアイ音楽を聞いていた。そうしてみんなが、まるでそこにまだ大切ななにかが残っているかのように耳をそばだてて聞き入っていると、本当に、まだ続きがあった——エレベーターが止まり、ガシャンとドアが開く音がし、

「マイカ、カセットを止めてくれ」

というアーリクの声がした。それは聞き慣れた、疲れた、まったく気張らない声だった。そしてカチャリと音がして、完全に無音になった。

すぐに「陽気に」はならなかった。アトリエはしんと静まり返っていた。アーリクはいつものように、とんでもないことをやってのけた。三日前には生きていて、それから死んで、今は

そのどちらでもない不思議な存在になっていて、そのせいでみんな少し混乱もし、哀しくもあったが、酒を飲むのはやめなかった。

めいめいがテーブルに近づき、また離れていく。グラスや皿を持って部屋を歩き、何人かずつ集まっていたと思うとまたバラバラになる。見たこともないような多種多様な集団だった。アーリクの友人の演奏家たちも来ていたし、その場の誰も知らない、どこでアーリクと知り合いどうやってアーリクの死を知ったのか分からない人々もいた。パラグアイ人は一ヶ所に密集してひとかたまりになっており、リーダー格の男だけが、赤い傷跡と、強張った端正な顔立ちで目立っている。コロンビア大学の教授は熱心にゴミ収集車の運転手と話している。ベルマンはジョイカに惹かれたが、ここ二年というもの忙しくてまったく女と接しておらず、ボトルのジンを注ごうかどうか躊躇していた……。だがもし彼がアーリクの知っていたジョイカの身の上を知っていれば、近づこうともしなかっただろう——ジョイカは処女で、おまけにタキトゥスの書にも出てくるほど由緒あるローマの家柄の出身なのだ……。

ニーナは人に頼んで、高い位置にある戸棚から灰色の箱を出してもらう。そこには大切な、思い出の品がしまってあった。その昔、外交官をしている友人に頼んでアメリカに取り寄せたジャズのレコードで、鉄のカーテンを潜り抜けて向こう側へ伝わっただけではなく再びアメリカに戻ってきた、記念すべき品だ。ずっしりとした黒いレコードに交じって、使用済みのレントゲンフィルムを使って焼いた海賊版、いわゆる「骨レコード」もある。それから、初めて録音したカセットテープの茶色いリールも。

タンゴを完璧に踊れるのはアーリクだけだった。複雑なステップを踏み、不意に静止し、激しく頭を反らせる。一九五〇年代にはロックンロールに受け継がれた、あの動き……。

今日はリービンが代役を務めた。彼はニーナと組んで踊るが、しかしタンゴに不可欠なメランコリックな感性が足りず、重要な精彩を欠いていた。黒人のサックス奏者は色白のファイーナに目を留め、ファイーナはそれに気づいて落ち着かなかった。なぜかといえば彼女は大多数のロシア人亡命者と同様、人種差別主義者だったせいでもある。けれどもその一方で、それは彼女にとって目の前に差し出された、まだ試していないアメリカ製品そのものでもあった……。

アトリエは次第に陽気になっていく。それが気に障る人は帰っていった。ベルマンとジョイカも出ていった。二人ともそれぞれに決意を固めていたが、不安はあった。ジョイカは自分が感情を爆発させて泣きだしてしまうのではないか、とそればかり考えていた。けれどもすべては素晴らしく美しく、翌朝には二人とも、これほど長く孤独に生きてきたのは無駄ではなかったと、確かに悟っていた。

十時過ぎに家主が、困った顔のクロードを連れてやってきた。クロードから下宿人が死んだという知らせを受けた家主は、数日の間をおいて頃合を見計らい、ニーナに来月一日付でここを引き払えと伝えに来たのだ。

家主がニーナに直接書類を渡そうと近寄ってくると、ニーナは誰と間違えたのか家主にキスをして、ロシア語で、グラスを手にとるよう勧めた。

ぱらりとテーブルに落とした書類はそのまま床に滑り落ちたが、ニーナは拾おうとはしなかった。家主は肩をすくめて、かなり当惑した様子で帰っていく。クロードが、ちょうどロシアの伝統的な追悼の行事をやっているところに来てしまったのだと説明したが、家主は信じなかった……。

誰かが古いカセットテープを流すと、五〇年代のモスクワで流行った替え歌が流れてきた。

モスクワ　カルーガ　ロサンゼルス
みんなでひとつの　コルホーズ
ああサン゠ルイの　百二階では
ロシアのワーニャが　ジャズを弾く……

なんて時代がかった愛しい曲だろうと、アメリカ人もロシア人も微笑んだ。だがロシア人にとっては、この曲は特別な価値を持っていた。その昔、この歌が問題視され、歌っただけで高校や大学から除名されたこともあった。ファイーナは言い寄ってくる男にその大切さを説明しようとするが、言葉が足りずなかなか伝えられない。けれどそもそも、こんなときに足りる言葉などあるだろうか、悲しくて悲しくて仕方ないとき、不意に温かい幸せが少しだけこぼれてきたような、もしくはその逆に、全身で喜びを感じるような楽しいときに、ふと心を締めつける悲しみのような……。そう、そんなことで除名された時代があった……。

この数日ですっかりここの住人になっていたリューダは、酒を飲んで自分がどこにいるのかを忘れ、近所の友人トーマチカに会って心の内を洗いざらい話してしまいたい衝動に駆られていたが、なぜすぐ近くに中央チーシン通りがないのか、どうしても分からなかった。

「母さんがそんなに酔っぱらってるの、見たことないよ。おかしいな。なかなか似合ってるけどさ」

そう言って息子は母をドアから引き離した。

マイカは母に歩み寄り、肩に触れて、

「もういいよ、行こう」

と言った。マイカは厳しい顔つきをしている。

日焼けした身軽な体のイリーナは、白くぽっちゃり太ったマイカを連れて歩きながら、娘との関係になにか変化が起きかけている、いや、もう起きたのかもしれない、と感じていた。ここ数年絶え間なく感じていた娘の不満や自分に向けられた嫌悪感が、すっと消えている。

「ねえママ、ピロシコワって誰？」

そう、娘はこの名をさっき初めて聞いたのだ。イリーナはすぐには答えなかったが、言うべき言葉はずっと前から用意していた――

「ロシアにいた頃のママの苗字よ。あのね、ママとアーリクは、すごく若いときに付き合ってたの。ちょうど、今のあなたと同じくらいの頃。そのあとケンカして別れて、でもそれから何年も経って再会して、また付き合った。長くはなかったわ。けれどその記念にね、ピロシコワは子供を産んだの」

「えらいね、ピロシコワ」マイカは褒めた。「アーリクは知ってたの？」

「当時は知らなかった。でも後になって気づいたかもしれない」

「たいそうなご両親ですこと」

マイカはふん、と鼻を鳴らした。

「嫌だった？」

イリーナはふと立ち止まる。もう長いこと、娘に嫌われている気がして胸が痛んでいた。

「そんなことないよ、いいんじゃない。よその家はもっとダメだもん。でもアーリクは知ってたよ」

すっかり大人びた、疲れたような声でマイカは言った。

「そう思う？」

イリーナはどきりとした。

「思うんじゃなくて、知ってるの」マイカははっきりと答えた。「もういないなんて、すごく悲しいね」


ロシア語と英語の混ざった会話の静かなざわめきが、突然、高い叫び声に消された。ワレンチーナが中国風の黒いスリッパを脱ぎ捨てて、ギタリストがギターをかき鳴らすような威勢のよさで着ていた黄色いシャツの第一ボタンを摑んで思いきり引きちぎったので、残りのボタンはバラバラと雨のように床に落ちた。角質の厚い踵を強く鳴らし、マトリョーシカのようにつやつやとした顔を輝かせて前に出る。

おや　まあ！　おや　まあ！
あんたのは　タールの中に
わたしのは　生地の中に
一緒に捏ねて　作りましょう
アィヤィヤィヤィ！

ワレンチーナは高音で上下する長い叫び声をあげた。
自分の太腿を叩きながら、汚れた床に器用に足を打ちつけ音をたてている。
言語調査のために北方探検に明け暮れた学生時代、ポレーシエやアルハンゲリスクやヴォルガ上流を旅して生きた方言を採集しながら、ほかの研究者たちが細胞核の構造や渡り鳥の動きを研究している傍で、ワレンチーナは民間伝承の卑猥な歌を学んでいた。彼女は数えきれないほどの民間俗謡《チャストゥシカ》を方言のイントネーションまで完璧に再現できたし、その様々なヴァリエーションも知り尽くしていて、ひとたび口を開けば、まるで昨晩田舎の夕べの集いで歌われたばかりのような生き生きとした昔ながらの歌が自然に流れだしてくるのだった……。

ウーッ　アィアィアィ！

俺のアイロンは熱くなり……

彼女の黒い踵はひび割れた音をたてている。本当に、暖炉《ペチカ》から出した旧式のアイロンがまき散らした炭を踏みつぶすかのように。

パラグアイ人、とりわけリーダーの男が、幸福で我を忘れたように彼女を見つめていた。

「これ、なんていう音楽だい」

サックス奏者はファイーナに訊いたが、彼女はそれを説明できるだけの言葉を知らなかったので、なるべく近い言葉を探し、

「ロシアのカントリー・ミュージックよ……」

と答えた。

ニーナはワレンチーナが民間俗謡の十八番を踊りはじめる前に、まるで舞台を横切るかのように背筋を伸ばして頭を反らせ、寝室に戻っていた。薄暗がりでニーナはソファーベッドの端に座る。ふとガラスのぶつかる音が聞こえ、ああ、ひとりじゃないのね、と思う。部屋の隅に、彼女に背を向けて、アーリクがしゃがんでいた。そこに置いてある瓶を動かし、なにか探しているらしい。

ニーナは驚かなかったが、その場から動こうとはしない。

「なに探してるの、アーリク」

「いや、小さめの瓶がなかったか、茶色いガラスの」

軽く苛立った声で、アーリクは答える。

「そこにあるわよ」

と、ニーナは教える。

「ああ、本当だ」

アーリクはそう言って立ちあがり、茶色の瓶を昔から着ている赤いシャツに押し当てる。注意しなくちゃ、とニーナは思う。その薬草、服につくとシミが残るから気をつけてって言わなきゃ……と考えるが、言う隙は無かった。アーリクはニーナの傍を歩いて通り過ぎていき、それを見た彼女は、本当にすっかり元気になったのね、と思う。体格も戻って、歩き方も昔と同じ——膝の力を抜いて、軽々と歩く。あ、もうひとつ。通り際にニーナの髪を撫でていった腕は、かろうじて動く病気の腕ではなく、アーリク特有の動きが戻っていた。指を開いて大きな櫛のようにして、頭皮まで深く差し込んで、額からうなじへ向かって撫でてくる。それからニーナは、アーリクの胸元に自分の十字架が光っているのを見て、ああ、うまくいったんだわ、と思う。

(あとで必ず、ワレンチーナにも教えてあげなきゃ)とニーナは考え、頭が枕に触れたその瞬間に、すっと眠りについた……。

もっとも、たとえ眠らなかったとしても、このときニーナはワレンチーナを見つけられなかっただろう。ワレンチーナは近くには居なかった。ユニットバスのシャワーコーナーで、脚の短い筋肉質の先住民族の男が、その太く短い武器でワレンチーナを打ち続けていたから。彼女の目には男の窪んだ頬に垂れる黒い髪と、傷跡を覆う新しい皮膚の赤みが映る。手首や足首はがっしりと固定されながらどこにも支えがなく全身が浮いているような感覚を覚えつつ、彼女は上へ、前へと激しく体を動かした。これまでの人生で経験したどんなことにも似ていないその体験は、しかし、素晴らしいものだった。

21

深夜、電話のベルがイリーナを叩き起こした。

（またニーナが酔っぱらって電話してきたんだわ）と考え、受話器をとる。

ちらりと時計を見ると、一時を回っている。

だが電話をかけてきたのはニーナではなく、訴訟騒ぎを起こした相手の画廊主だった。

「おたくのクライアントの件に関し、緊急の要件が発生しまして」画廊主はおもむろに言った。

「我々は彼の残りの絵をすべて買い上げようと考えているんです、大至急」

イリーナは黙っていた。こういうケースの対処法は、しっかり学んである。

「つきましては、勿論おたくさんに訴訟を取り下げていただきたいんです。我々の関係はすべて新たに検討し直されるという条件で……」

「まず訴訟の件ですが、何があろうと訴訟は訴訟、別件として対処しますので二つの問題を同一視することは今後もありません。顧客の絵に関しましては、来週末に私がロンドン出張から戻ってからご相談いたしましょう。ロンドンへはちょうど、この件に関する事柄で参りますので」

弁護士としての喜びを嚙みしめながら、イリーナは出まかせを言った。

眠気はもうすっかりさめてしまっていた。起きだして客間に入ろうとすると、マイカが起きているのかドアの下から柔らかい光の筋がもれている。イリーナはノックをした。

暑い夜なのに長袖の寝間着を着たマイカが、読んでいた本をよけ、肘をついて上半身を起こす。

「電話、なんだって？」

「どうやらあの人、いい画家だったみたいね。悪徳画廊主が電話してきて、アーリクの絵が全部ほしい、ですって」

「ほんとっ！」

マイカは喜んだ。

「ええ。そんなわけで、あなたにも遺産が入るかもね」

「冗談でしょ、遺産なんて。でもニーナは？　ニーナはどうなるの？」

「ニーナは別に大丈夫よ。でもそのお金を手に入れるためにはまだ、だいぶ頑張んなきゃいけないわ」

かなり疲れた顔をして言うイリーナを見て、マイカはふと思う――こうして夜中に化粧をしていないママを見ると、ずいぶん老けたなあ。美人っていうほどでもなくって、まあそこそこ……。

「ねえ、ロシアに行ってこようよ」

マイカは母親がベッドに乗れるよう、脇にずれた。マイカはかなり大きくなるまで一人で眠れず、イリーナはこの可哀想な口数の少ない娘が自分の肩にもたれて眠れるように、どんなに遠くの仕事からでも飛んで帰ってきていた。

イリーナは骨ばった体をうまく収めるようにして隣に寝そべる。

「私もそうしようと思ってたの。必ず行きましょう、ただ、もう少し沈静化してからね」

「ちん……？　なんて言ったの？」

「沈静化。ちゃんと、秩序ある状態になること、かしらね……」

「だめだよ。アーリクが言ってたんだ。もしあの国に秩序なんかあったら、ぜんぜん違う国になっちゃうって」

「それなら心配しなくていいわ。あの国には絶対に、秩序なんて訪れないから……」

イリーナはマイカの赤毛の頭を撫でたが、娘は身じろぎもせず嫌がりもしなかった。

（さて）と、イリーナは思った。（これで万事おしまい、ってところかしらね）と。

ニューヨーク、モスクワ、モン・ノワール
1992–1997

訳者あとがき

作品の成立

本作『陽気なお葬式』は、一九九二年から一九九七年にかけて書かれた——とはいえこの年号には少し説明が要る。五年間ずっとこの作品を書き続けていたわけではないし、最初に発表した後も何度か加筆・改稿しているので、一九九七年の形が最終でもないからだ。ウリツカヤ自身の説明によれば九〇年代の初めに着想し、間もなくしてほぼ書きあげたが、なにか書き足りないことがある気がしてしばらく寝かせていた。それを九七年頃に完成させ「新世界」誌に発表、その後も少し加筆、というのが本書成立の経緯である。この作品に限らず、ウリツカヤは自らの作品を積極的に構成し直し、加筆する作家だ。雑誌から単行本になるときや、別の出版社から出すときには過去に書いた作品をかならず読み返し、場合によっては改稿をしている。

書かれた場所はモスクワ、ニューヨーク、モン・ノワール。

まずモスクワは、ウリツカヤがこれまで人生の多くの時間を過ごしてきた街だ。だがめまぐるしい都会の生活速度は小説執筆には不向きだと語り、長編を書く際などは度々海外に——とりわけ友人の住むイタリアに好んで滞在している。

モン・ノワールはフランスのベルギー国境付近にあり、マルグリット・ユルスナールゆかりの地としても知られる。ウリツカヤは作家として招聘され、この作品の一部は当地で書かれた。作品の末尾にこの地名を記したのは自分を招いてくれたモン・ノワールの人々に対する感謝の気持ちからだと語っている。

そしてこの作品の舞台でもあるニューヨーク。ウリツカヤは一九八〇年代末から九〇年代にかけて、ニューヨークを度々訪れている。現地の大学に通う息子や移住した友人たちに会うための滞在で、期間はそれぞれ三週間から五週間。チェルシー地区のアトリエ、バワリー通りのCBGB、カッツ・デリカテッセンのパストラミサンド――思わずふらりと訪れたくなるような作中の描写はこの数年にわたる定期的な滞在から生まれた。

亡命生活

なかでも生き生きと描かれるのは亡命ロシア人の生活と、亡命の出発点ともいえるソヴィエトの反体制派の（あるいは単に体制に馴染めなかった）人々だ。象徴的にちらりと登場するヨシフ・ブロツキー、ロシア語と英語とイディッシュ語が入り乱れる亡命者言語。一九九一年、ソヴィエト連邦が崩れ落ちようというその瞬間、人々はロシア食材店で買った黒パンを食べ、かつてのソヴィエトの大衆歌謡や映画音楽を口ずさむ。ニーナが大切にしている「骨レコード」は、ソヴィエトではなかなか手に入らない西側の音楽を聴くために若者たちが廃棄されたレントゲンフィルムを入手してレコードの大きさに切り、そこに音を刻んだものだ。フィルムに透ける頭蓋骨や肋骨が蓄音機の上でくるくると回り、禁止された西側の音が割れながら響く様子は、当時の若者の異文化への情熱を端的に示す。アメリカに移住し、いくらでも好きな音楽が聴けるようになっても、ニーナはこの骨レコードをわざわざロシアから取り寄せ、今度はそれがロシアで過ごした青春時代を象徴するものであるかのように大切にしているのだ。

死の存在しない文明のなかで

ニューヨークという舞台は、小説の主題にも深くかかわっている。滞在時に現地で感じた「死」にまつわる感覚が、作品を想起したきっかけとなったからだ。ニューヨークを訪れたウリツカヤがまず強く感じたのは「この国には『死』が存在しないのだろうか」という奇妙な感覚だった。ロシアでは、常に誰かの「死」が傍にある——親しい人が入院していると聞いては頻繁にお見舞いに行き、仲の良い友人の親が死の床にあると聞けば看病に通うといった具合で、それが日々の生活のかなりの部分を占めている。しかしアメリカには一見、死を目前にして苦しんでいる人々が存在しないかのように見えたのである。ウリツカヤはニューヨーク滞在を繰り返すうち、ふと気づく——「アメリカ文明は、死を直視しようとしないのだ」と。人々は「死」を、なにか礼を失するもののように避けて通り、苦痛や痛みをできる限り取り除こうとする。まるで「死」を見ずに生活するのがうまい生き方だとでもいうように。

この驚きについては、作中で医師フィーマも言及している。「この国（アメリカ）は苦痛を嫌悪していた。（中略）苦痛を否定した若き民族は、そのために一連の学派をも生みだした——

哲学界にも、心理学界にも、医学界にも。彼らはどんな対価を払っても苦痛を取り除くことを目的としていた」。しかし「苦痛を好み、高く評価し、糧にすら」するロシアで育ったフィーマには、苦痛を忌み嫌うアメリカの思想がどうしても馴染まない。無論こんなふうに「無痛の文明アメリカと、苦痛を愛するロシア」という対比だけ抜き出すとあまりにも図式的に見えるし、苦痛が人間を成長させるのだという説教にも聞こえかねない。だがウリツカヤの筆はそこに留まることはない。アーリクの最期を思うとき、フィーマにはもう、自分の属する思想がどうだとかそんなことはどうでもよく、「アーリクがひどく苦しむのは絶対に嫌だ」というシンプルな思いが勝つ。

ひとつの死を見つめて

ウリツカヤは、人間の死を多く描く。インタビュー等でも度々「なぜそんなに死を描くのか」と訊かれている。この問いに彼女は様々な答え方をするが、共通しているのは「死を禁忌にしてはいけないし、死について考えるのは決して倫理的に悪いことではない」という強い思いだ。

そんな彼女の作品のなかでも、アーリクという瀕死の画家を主人公に据えたこの小説は、ひとつの「死」を目の前にした人間とその周囲の人々が丁寧に描かれていくという点で、きわめて「死」に特化した小説である。ロシア文学におけるこのテーマを考えるとレフ・トルストイの『イワン・イリイチの死』を連想する人もいるかもしれないが、それは決して偶然ではない。

ウリツカヤは子供の頃にこの本を読んで以来ずっと自分にとって重要な本であったと語っているし、本書との関連で言及したことも度々ある。

だが『イワン・イリイチの死』が死を前にした主人公の心理をモノローグ的に提示し読む者に突きつけてくる小説であるのに対し、本書は多彩な登場人物の目線から死に向かう主人公を——もっと言うならば彼の魅力を浮き立たせるような、不思議な祝祭感に包まれた小説だ。アーリクは誰とでもすぐに仲良くなる。「ほとんど生まれつき女にもてた」し、女だけでなく老若男女犬猫問わず、誰もが彼に魅了された。この主人公には、実はモデルが存在する。現実にアメリカに亡命した画家で、ニューヨークで死の床にあった友人がいたのだとウリツカヤは語っている。だがモデルは彼ひとりではなかった。

アーリク

作中でイリーナが、彼の魅力がどこにあるのかと首をひねる場面がある。確かに、あえて通俗的な経歴だけを記すならば、どこに魅力があるのかわからない主人公である。亡命したばかりの頃は亡命ロシア人画家という存在が物珍しがられてそれなりに絵も売れたが、亡命者が増えるにしたがって絵もあまり売れなくなっている。かつての恋人や現在の妻や愛人に囲まれている。とりたてて誰かに善いことをしたわけでもない。なぜ彼は人から好かれるのか。そんな素朴な疑問を投げかけたインタビュアーに、ウリツカヤは率直に答えている——「周りの人のことを、良く思っているから」と。どこの国籍であろうと宗教であろうと、宿無しであろうと、それから重要なのは――自分と深くかかわりのある人間であろうと初対面の人間であろうと、すべての人を（犬も）「良く思っている」からなのだと。「私はこれまでの人生のなかで実際に、そういう人に出会ったことがある。笑顔や優しい物腰、ただそれだけなのに、どうしようもなく皆に好かれるような人に」――アーリクという人物は、ウリツカヤがこれまで出会ったそういう人の魅力そのものをモデルとして描かれている。

その魅力は周囲の人々にも伝染する。ニーナ、イリーナ、ワレンチーナ……皆がアーリクを好きなのに、誰も互いを悪くは思わない。どうしようもなく頼りなかったり、意地っ張りだったり、それぞれ山のように問題を抱えているのに、誰もが不思議と魅力的だ。この作品には「否定的な人物がいない」と指摘されたとき、ウリツカヤは「そりゃそうよ。だって私、みんな大好きなんだもの！」と答えた。ああなるほど、と思った――私の初読の感想も「みんな大好き！」だったから。

人類に巣くう「無理解」との闘い

初期の作品から最新作まで、ウリツカヤの作品を貫いているキーワードのひとつに「無理解との闘い」がある。「雪解け」の六〇年代に青春を送り、当時のソヴィエトで禁止された本をタイプライター打ちの地下出版書で読み漁ったいわゆる「二十世紀の六〇年代人」（ウリツカヤの属する世代）に対する、現代の若者の「無理解」（若者の一部は、現代ロシアにおける無秩序の原因は六〇年代にあると糾弾する！）に心を痛めたことが着想の一端となった『緑の天幕』（未訳）。

異なる風習や世界観の家庭に育った子供たち同士の「無理解」を解こうという目的で立ちあげた児童書プロジェクトもある。世の中にはさまざまな家庭があり、「家族」を固定的な概念で縛って自分の家庭とは違う「他者」を排除しようとしてはいけないと教える主旨のものだったが、そのなかの「ホモセクシャル家庭」——二人の父親もしくは二人の母親のもとに育つ子供もいます、という記述が波紋を呼び、一部で禁書扱いにする動きが出るなど、現代ロシアの同性愛に対する厳しい世論を反映する形の騒動となった。ウリツカヤは「既に実在するそういった家庭の子供が学校でいじめられることのないように」と繰り返し訴え、プロジェクトの再開を求めた。

そして、イスラム教、ユダヤ教、キリスト教（正教、カトリック）——宗教間や宗派の「無理解」。本書でも大きなテーマのひとつとなっている宗教間の無理解について、ウリツカヤは「キリスト教もイスラム教もユダヤ教も、同じ病に罹っている。お互いに『あなたのほうが正しい』とは絶対に言えないという病に」と語る。この無理解を解こうとする「通訳」を膨大な数の書簡や日記を連ねて描きあげたのが『通訳ダニエル・シュタイン』（前田和泉訳、二〇〇九年、新潮社）だ。もし本書を先に読みこのテーマに興味を持った方がいたならば強く薦めたい大作である。

作者について

ウリツカヤについては日本語圏でも紹介が進んできたので、あらためて経歴を書き連ねることはしない。右に挙げた『通訳ダニエル・シュタイン』のほか、『ソーネチカ』や『子供時代』(ともに沼野恭子訳、新潮社)など名作が多く紹介されている。ここではウリツカヤにとって重要な本との関わりを中心に、少しだけ書こう。一九四三年二月二一日生まれ。モスクワ大学で遺伝学を専攻し、卒業後は研究所で働くが、ソヴィエトで発禁になっていた書物の地下出版活動に関わったことが原因で職を失っている。元々の専門分野が科学であったことは自分にとって意味が大きいと度々語っており、現在でも広い分野の学問に関心を寄せ、とりわけ文化人類学に深い造詣を示す。

作家としてのデビューは五十歳と遅咲きだが、幼いころから本が好きで、自らも常になにかを書いていた。少女期の読書体験としては、十二歳のときに読んだパステルナークの詩集『我が妹――人生』が強く印象に残っていること、本作でもアーリクの好きな作家として登場するオー・ヘンリーの短編集を、ボロボロになるまで繰り返し読んでいたことを語っている。それからアレクサンドル・プーシキンの作品のなかでは『大尉の娘』がいちばん好きで、何度読んでも感動する場面が多くあるという。

訳者として

このあとがきに、なにか訳者にとっての「私的なこと」を書くとすれば、それは私の個人的な、ウリツカヤへの感謝だ。ロシアで暮らしていた頃、出口のない堂々巡りの思索のなかであなたの作品に出会った。「寛容」という言葉を、あなたは大切そうに、様々に言い換える。それぞれの状況のなかで、現代を生きる私たちに届くように。寛容――この言葉を軽んじている人がどれくらいいるだろう。寛容を軽んじた先には「無理解」があり、無理解の極限に個人の、国家の、権威的なものすべてによる「暴力」があるのだということを、あなたは幾度も語ってきた。「解決策を示さないのか」あるインタビューで（文学者がこれまで常に言われてきたように）そう言われたとき、ウリツカヤは答えた――問題を語ること、考えること、共有すること、それは既に、ひとつの行為なのだ。際限のない無理解と暴力に拮抗するひとつの「行為」なのだと。

最後になりましたが、この本の刊行に際してたいへんお世話になった新潮社出版部の斎藤暁子さん、共に歩む研究仲間のみんな、そして何度でも、どんな質問にも「とにかく何でも聞きなさい」と優しく答えてくれた著者ウリツカヤに、心より感謝申し上げます。

二〇一六年一月　東京　　奈倉　有里

Весёлые похороны

Людмила Улицкая

陽気《ようき》なお葬式《そうしき》

著 者

リュドミラ・ウリツカヤ

訳 者

奈倉有里

発 行

2016年 2 月25日

発行者　佐藤隆信

発行所　株式会社新潮社

〒162-8711 東京都新宿区矢来町71

電話 編集部 03-3266-5411

読者係 03-3266-5111

http://www.shinchosha.co.jp

印刷所

株式会社精興社

製本所

大口製本印刷株式会社

乱丁・落丁本は、ご面倒ですが小社読者係宛お送り下さい。

送料小社負担にてお取替えいたします。

価格はカバーに表示してあります。

ISBN978-4-10-590124-0 C0397

ソーネチカ

Сонечка
Людмила Улицкая

リュドミラ・ウリツカヤ
沼野恭子訳

本の虫で容貌のぱっとしないソーネチカ。
最愛の夫の秘密を知って彼女は……。
神の恩寵に包まれた女性の、静謐な一生の物語。
現代ロシアの人気女流作家による珠玉の中篇。

CREST BOOKS

通訳ダニエル・シュタイン
上・下

Даниэль Штайн, переводчик
Людмила Улицкая

リュドミラ・ウリツカヤ
前田和泉訳

ユダヤ人でありながらゲシュタポでナチスの通訳になり、
ユダヤ人脱走計画を成功させた若者は、戦後、神父となって
イスラエルへ渡った――惜しみない愛と寛容の精神で、
あらゆる人種と宗教の共存のために闘った激動の生涯。

CREST BOOKS

女が嘘をつくとき

Сквозная линия
Людмила Улицкая

リュドミラ・ウリツカヤ
沼野恭子訳

夏の別荘で波瀾万丈の生い立ちを語るアイリーン。
ところがその話はほとんど嘘で……。
女の嘘は不幸を乗り越える術かもしれない。
生きることを愛しむ六篇の連作短篇集。

CREST BOOKS